U0504212

東堂詞

毛滂

片玉詞

周邦彦

四庫全書宋詞別集叢刊 ⑦

商務印書館

東堂詞

毛滂

欽定四庫全書　集部十

東堂詞　詞曲類　詞集之屬

提要

臣等謹案東堂詞一卷宋毛滂撰滂字澤民江山人宋史藝文志載滂有東堂集十五卷闕佚已久今從永樂大典所載採輯成書已別著錄此詞一卷則毛晉所刻本也馬端臨經籍考載東堂詞一卷併引百家詩序稱其

為杭州法曹時以贈妓詞今夜山深處斷魂分付潮回去句見賞於蘇軾其詞為惜分飛令載集中然集中有太師生辰詞數首實為蔡京作揮麈後録又載其初附曾布後附蔡卞在卞席上賦鴛鴦詩有惟戀恩波不肯飛句蔡卞妻王氏有適從曾相公池中飛來之誚則滂實非端人方回瀛奎律髓乃以為守正之士葢偶未及考其詞則清韻特勝陳振

孫謂滂他詞雖工終無及蘇軾所賞一首者亦隨人作計之見非篤論也滂令武康時改盡心堂為東堂集中蓦山溪一闋自注其事甚悉故因以名集傳寫頗多闕文無從考補今姑仍其舊焉乾隆四十九年四月恭校上

總纂官臣紀昀臣陸錫熊臣孫士毅

總校官臣陸費墀

欽定四庫全書

東堂詞
提要

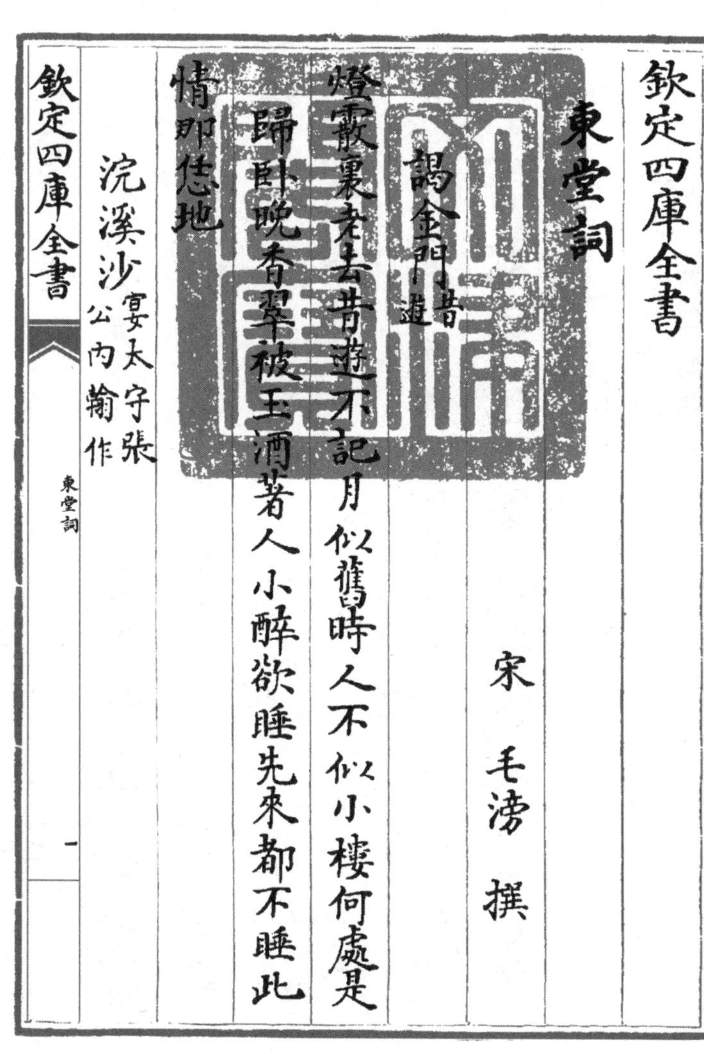

欽定四庫全書

東堂詞

宋 毛滂 撰

謁金門 昔遊

燈霰裏老去昔遊不記月似舊時人不似小樓何處是

歸卧晚香翠被玉酒著人小醉欲睡先來都不睡此

情那恁地

浣溪沙 宴太守張公内翰作

碧霧朦朧籠寶熏和風容曳舞簾旌花間千騎兩朱輪金馬天材文作錦玉堂仙骨氣如冰湖山何似使君清

又 尉園觀梅

曾向瑶臺月下逢為誰回首矮牆東春風吹酒退腮紅庾嶺殷勤通遠信梅家瀟灑有仙風晚香都在玉盃中

又 新春四夜松坐小飲微雪復止

謝女清吟壓郢樓樓前風轉柳花球學成舞態却多羞
半落瓊瑤天又惜稍侵桃李蝶應愁酒家先當翠雲
裘

又 仲冬朔日猶步花塢中晚酌蕭然見櫻桃有花

小圃韶光不待邀早通消耗與含桃晚來芳意半寒梢
含笑不言春淡淡試妝未徧雨蕭蕭東家小女可憐
嬌

又 家人生日

日照遮簷繡鳳皇博山金暵一簾香尊前光景為君長不信臘寒彫鬢影漸匀春意上妝光梅花長共占年芳

又 上元遊静林寺 或刻陸放翁

花市東風捲笑聲柳溪人影亂如雲梅花何處暗香聞露溼翠雲裘上月燭揺紅錦帳前春瑶臺有路漸無塵

又 詠梅 或刻惜香樂府

月㨾嬋娟水㨾清此花強占百花春簾中獨底好精神多恨肌膚元自瘦半殘妝粉不憔勻十分全似那人人

又 初春汎舟時北山積雪盈尺而水南梅林盛開

水北煙寒雪似梅水南梅鬧雪千堆月明南北兩瑤臺雲近恰如天上坐魂清疑向斗邊來梅花多處載春回

又 寒食初晴東堂對酒

小雨初收蝶作團和風輕拂燕泥乾鞦韆院落落花寒莫對清尊追往事更催新火續餘歡一春心緒倚闌干

又 寒食初晴桃杏皆已零落獨牡丹欲開

魏紫姚黃欲占春不教桃杏見清明殘紅吹盡恰纔晴芳草池塘新漲綠官橋楊柳半拖青鞦韆院落管絃聲

又 八月十八夜東堂作

晚色寒清入四簷梧桐冷碧到疎簾小花未了蜀花偏
瑶甕勃堆春這裏錦屏屈曲夢誰邊薫籠香暖禀衣
添

又 九月十二夜務亭作

碧浸澄沙上下天曲堤疎柳短長煙月明不待十分圓
鑿落未空牙板鬧欄干久凭夾衣寒嬋娟薄倖冷相
看

又 武康社日

碧戸朱窗小洞房玉醅新壓嫩鵝黄半青橙子可憐香

風露滿簾清似水笙簫一片醉為鄉芙蓉繡冷夜初

長

又

松菊秋來好在無寄聲猿鶴莫情踈淵明不老久踟蹰

打鼓楓林誰作社桃溪茆屋憶吾廬去年醉倒倩人

扶

又

本是青門學灌園生涯渾在亂山前一犂春雨種瓜田
别後倩雲遮鶴帳來時和月寄漁船傍人莫作長官
看

又 泊望仙橋月夜舟中留客

晚色輕涼入畫船雲峰飛盡玉為天踈飈自為月褰簾
細酌流霞君且住更深風月更清妍為誰淒斷小橋
邊

又 訪吳中朋友

錦里無端無素書長安秋晚憶家無故人來此尚踟躕舊事殷勤休忘了老來凄斷惡消除小樓雪夜記當初

又 松齋夜雨留客戲追往事

記得山翁往少年青樓一笑萬千錢寶鞍逐月玉鞭寒老對凍醪留客話醉爬短髮枕書眠伴人松雨隔疎簾

又 泛舟還餘英館

煙柳風蒲冉冉斜小窗不用著簾遮載將山影轉灣沙
略彴斷時分岸色蜻蜓立處過汀花此情此水共天
涯

又送湯詞

蕙炷猶薰百和穠蘭膏正爛五枝紅風流雲散太匆匆
仙草已添君勝爽醉鄉肯為我從容賸風殘月小庭
空

又泛舟

銀字笙簫小小童梁舟吹過柳橋風阿誰勸我玉盃空

小醉徑須眠錦瑟夜歸不用照紗籠畫船簾卷月明

中

又

灩灩金波暖做春踈踈煙柳瘦于人柳邊半醉不勝情

未解畫船留待月緩歌金縷細留雲將雲帶月入東

門

又 月夜對梅花小酌

蠟燭花中月滿窗楚梅初試壽陽妝麒麟為脯玉為漿
花影燭光相動蕩抱持春色入金觴鴨爐從冷醉魂
香

又

竹送秋聲入小窗香迷夜色暗牙牀小屏風掩燭花長
雁過故人無信息酒醒殘夢寄凄凉畫橋露月冷鴛
鴦

清平樂 千葉芝

九重寒少煙暝豐瑶草金井碧梧離鳳矯南極人來最老　衣冠遠換袞𧝶德隨和氣蟬連萬里同開壽域一年三秀芝田

又

重芳疊秀風約仙雲綴椿不爭年松與壽共出皇家忠孝　仁深枯冷皆蒙托根不倚東風日照恩光萬里暝生塞草叢中

又

鏤煙翦霧䩞韘無層數首蓿青深煩雪兔引到祥華開處　仙人手翳朝陽清都絳闕相將來霞複東封翠輦好遮化日舒長

又

九金為壽千葉前無有葉葉年年看不朽天與君王意厚　君恩雨露無邊玉筵暖接非煙馬向華山峰冷人安草亦平安

又　絳河清

絳河千歳一照昇平事萬里青銅開碧霽俯見南山晚翠紺寒不翅湘酃清如練静江澄流向萬年觴裏玉波可但如澠

又

銀河秋浪遥出崐崙上忽變澄瀾添碧漲可道昇平無象黄雲濁霧初開榮光休氣徘徊試見當時五老金泥玉檢將來

又

天連翠斂九折玻璃軟回挽金隄情宛轉疑共蓬萊清淺　吾君欲濟如何唐虞風順無多自有松舟檜楫一帆三代同波

又 太師相公生辰

娟娟月滿冉冉梅花暝春意初長寒力淺漸擬芳菲滿眼　當時吉夢重重間生天子三公付與人間桃李年年管領春風

又

瀛洲春酒滿酌公眉壽日照沙隄春傍柳思暝朝天袞繡東君著意叮嚀芳酸先許梅英要就昇平滋味待公來進君羹

又

雪餘寒退唯有青松在春不加榮寒不賴用捨如公都耐流肪磊硌龜蚍會留紅日西斜欲助我公壽骨蟠桃等見開花

又 已卯長至作

流光電急又過書雲日舊是天津花下客老對山青水

碧　而今轉惜年華遲陽爲緩西斜試問東君音信曉

寒猶壓梅花

又 東堂月夕小酌時寒秀亭下娑羅花盛開

雲峰秀疊露冷瑠璃葉北畔娑羅花弄雪香度小橋淡

月　與君踏月尋花玉人雙捧流霞吸盡盃中花月仙

風相送還家

又 元夕

東風桂影低拂姮娥鏡鏡裏妝寒酥粉瑩越恁十分端正 素光行處隨人柳邊照見青春一片笙簫何處花陰定有遺簪

又 春蘭用殊老韻

曲房青鎖淺笑櫻桃破睡起三竿紅日過冷了沉香殘火 東風偏管伊家剩教那與穠華誰送一懷春思玉臺燕拂菱花

又 送賈耘老盛德常還郡時飲官酒於東堂二君許復過此

杏花時候庭下雙梅瘦天上流霞凝碧袖起舞與君為壽　兩橋風月同來東堂且沒塵埃煙艇何時重理更憑風月相催

又春夜曲

蘭堂燈灺春入流蘇夜衣褪輕紅閘氷麝雲重寶釵未卸　知君不奈情何時時慢轉橫波一餉花柔柳困枕前特地春多

又與諸君小酌燭下見花戲作

風搖灺燼吹下桃花影醉倒碧鋪眠碎錦誰伴香迷酒凝　少年不解辜春年來減盡春心猶下繡簾遮定不教風雨侵淩

又

桃夭杏好似箇人兒妙淡抹胭脂眉不掃笑裏知春占了此情沒箇人知燈前仔細看伊恰似雲屏半醉不言不語多時

又　春晚與諸君飲

盃深莫厭强看桃花面記約陽和初一線便恁芳菲滿眼　明年春色重來東堂花爲誰開我在蘆花深處釣磯雨緑梅苔

又

錦屏夜夜繡被薫蘭麝帳捲芙蓉長不下垂畫銀臺蠟灺　臉痕微著流霞膶騰越恁穠華破睡半殘妝粉月隨雪到梅花

水調歌頭　擬饒州法曹掾作

金馬空故事方朔謾多端三千牘在玉殿何日賜清閒難戀長安鐘漏誰借青雲咳唾拂袖且東還笑殺長纓使復轉出秦關　吾道在雖不遇面何慚雒陽年少高論難與絳侯談富貴蹔饒先手睎盡草頭秋露掩鼻出東山且飽鯨魚膾風月過江南

又登衢州雙石堂呈孫八太守公素

謝安涵雅量叔夜賦剛腸清宵假寐應笑長孺卧淮陽盡徹東平屏障不廢南樓談詠宴寢自凝香庭下一盃

土須避赤帷裳　雙石健含古色照新堂百年喬木陰下儼立兩蛟蒼目送千山爽氣簾卷一城風月杖屨合彷徉他日峨眉秀相望隔明光孫發廳事前古冢得雙石因以為堂名石上有昔人題識云疊峨眉山于文會堂前

又元會曲

九金增宋重八玉變泰餘上手詔在廷云六重之用尚循泰舊千年清浸先淨河洛出圖書一段昇平光景不但五星循軌萬點共連珠崇寧大觀之間太史數奏五星循軌衆星順鄉靡有碎亂四海樂清宴良夜

景光殊　朝天去鏘環佩冷雲衢芝房雅奏儀鳳矯首聽笙竽天近黃麾仗曉春早紅鸞扇暖遲日上金鋪萬歲南山色不老對唐虞

小重山 宴太守張公內翰作

碧瓦朱甍紫翠深玻璃屏帳內錦為城子胥英爽海濤橫玉堂人於此勸春耕　五月政初成巖廊將去路肯留行江山雄勝為公傾公惜醉風月若為情

又 立春日欲雪

誰勸東風臘裏來不知天待雪惱江梅東郊寒色尚徘徊雙彩燕飛傍鬢雲堆　玉冷曉妝臺宜春金縷字拂香腮紅羅先繡踏青鞋春猶淺花信更相催

又 春雪小醉

門外東風糝玉塵曲房花氣藹博山春小槽珠滴桂椒芬臘梅蓋誰共醉中聞　睡起靜無人曲屏橫遠翠錦為隣十年舊事夢如新紅綻枕猶嘌楚峰雲

又 家人生日

鶴舞青青雪裏松氷開龜在藻緑蒙茸一成不記蓝珠宫蟠桃熟應待幾東風　玉酒紫金鍾非煙羅幕暝寶薰穠贈君春色臘寒中君留取長伴臉邊紅

踏莎行　陳興宗夜集俾愛姬出幕

天質嬋娟容光蕩漾御酥做出花模樣夭桃繁杏本妖妍文鴛彩鳳能偎傍　艾緑濃香鵝黄新釀緑雲清切歌聲上夜寒不近繡芙蓉醉中秪覺春相向

又　會寶園初見梅花

映竹幽妍臨池娟靚芳苞先暎香初娠南枝微弄雪精神東君早寄春音信　奔月仙標乘煙遠韵玉臺粉點和酥凝從來清瘦可禁寒為誰早把霞衣褪

又　臘梅

粟玉玲瓏雍酥浮動芳姿染得胭脂重風前蘭麝作香寒枝頭煙雪和春凍　蜂翅初開蜜房香弄佳人寒睡愁如夢鵝黃衫子茜羅裙風流不與江梅共

又　正月五日定空寺觀梅

景泮氷簷情回瑤草副能守得春來到管曾獨自索春憐而今虧著東風笑　粉凝酥寒雲房睡覺胭脂也不添些小天真要與此花爭是伊占得春多少

又　元夕

撥雪尋春燒燈續晝暗香院落梅開後無端夜色欲遮春天教月上官橋柳　花市無塵朱門如繡嬌雲瑞霧籠星斗沉香火冷小妝殘半衾輕夢濃如酒

又　早春即事

堦影紅遲柳苞黃遍纖雲弄日陰晴半重簾不捲篆香橫小花初破春叢淺　鳳繡猶重鴨爐長暝屏山翠入江南遠醉輕夢短枕閒欹綠窗窈窕風光轉

又 追往事

芳氣菲微薄衣料峭何人正倚桃花笑流紅不出武陵溪這回空與春風到　樽俎全稀風情終較安仁老也誰知道碧雲無信失秦樓舊時明月猶相照

又 中秋翫月

欽定四庫全書

碧樹陰圓緑堦露滿金波瀲灔堆瑶盞行雲會事不飛來長空一片瑠璃淺　玉燕釵寒藕絲袖冷只應未倚闌干遍隨人全不似嬋娟桂花影裏年年見

玉樓春 戊寅重陽病中不飲惟煎小雲團一盃薦以菊花

西風吹冷沉香篆門掩小窗紅葉院卧看黄菊送重陽露重煙寒花未徧　衰翁病怯琉璃簟日日愁侵霜鬢短一盃菊葉小雲團滿眼蕭蕭松竹晚

又 僕前年當重九微疾不飲但撥菊葉煎水雲團用酹節物戲作短句以侑茗飲逺去年曾登山

高會今年客東都依逆旅主人舍無游從不復出門不知時節之變或云今日重九起坐空庭月下復取雲團酌一盃蓋用僕故事以送佳節又作侑茶一首以和韻

泥銀四壁盤蝸篆明月一庭秋滿院不知陶菊總開無但見杜苔新雨徧　去年醉倒雲為箄未盡百壺驚日短小雲今夜伴牢愁好在鳳皇春未晚

又　贈孫宗公素

三衢太守文章伯七月政成如戲劇坐中咳唾落珠璣筆下神明飛霹靂　才高莫恨溪山窄且與燕公添秀

發風流前輩漸無多好在魏公門下客

又 己卯歲元日

一年滴盡蓮花漏碧井酴酥沉凍酒曉寒料峭尚欺人春態苗條先到柳　佳人重勸千長壽柏葉椒花芬翠袖醉鄉深處少相知秖與東君偏故舊

又 定空寺賞梅

蕋珠宮裏三千女滴粉為春塵不住月華冷處欲迎人七里香風生滿路　一枝誰寄長安去想得韶光能幾

許醉翁滿眼玉玲瓏直到煙空雲盡處

又 立春日

小園半夜東風轉吹皺冰池雲母面曉披閶闔見朝陽知向碧堦添幾線　小煙弄柳晴先暖殘雪禁梅香尚淺慇勤洗拂舊東君多少韶光聊借看

又 至盱眙作

長安回首空雲霧春夢覺來無覓處冷煙寒雨又黄昏數盡一堤楊柳樹　楚山照眼青無數淮口潮生催曉

渡西風吹面立蒼茫欲寄此情無雁去

又 三月三日雨夜觴客

一春花事今宵了點檢落紅都已少阿誰追路問東君秪有青青河畔草　尊前不信韶華老酒意韶光相借好簷前暮雨亦多情未做朝雲容易曉

又

今朝何以為公壽極貴長年公素有庭階不乏長芝蘭少翁又是廷臣右　三能粲粲依魁秀八柱巍巍蟠地

厚皇家卜冊萬斯年年光長轉洪鈞手

又

我公兩器兼文武談笑巖廊無治古紅顔緑髮巳官高赤舄繡裳今仲父　我欲形容無妙語頌穆清風須吉甫望公聊比泰山雲歲歲年年天下雨

又

壓玉為漿鱗作角珠樹璚葩長不謝翠簾繡㬇燕歸來寶鴨花香蜂上下　沙堤珮馬催公駕月白風清天不

夜重來赫赫照嵓廊不動堂堂凝太華

又

當日嶺頭相見處玉骨氷肌元淡素近來因甚要穠妝不顧滿城桃杏妬　酒暈臉霞春暗度認是東君偏管顧波生羅襪色疑羞香冷爇爇都不覷

山花子　天雨新晴孫使君宴客雙石堂遣官奴試小龍茶

日照門前千萬峰晴飈先埽凍雲空誰作素濤翻玉手小團龍　定國精明過少壯次公煩碎本雍容聽訟陰

中沓自綠舞衣紅

又 冬至日天氣晏溫從使君步至雙石堂北望山中微雪因開窗倚且適二柳當前使君命伐之霍然遂得衆山之妙

日轉堂陰一線添使君和氣作春妍秖有北山輕帶雪見豐年 殘月夜來收不盡行雲早起更留連急剪垂楊迎秀色到窗前

又 吳興僧舍竹下與王明之飲

雨色留香繞坐中映堦疎竹一叢叢不奈晚來蕭瑟意

子猷風　激灧滿傾金盞落淋漓從溼繡芙蓉吸盡百川天上去看長虹

南歌子　正月二十八日定空寺賞梅

暮靄寒依樹嬌雲冷傍人江南誰寄一枝春何似瓏璁十里更無塵　雨蕚胭脂淡香鬚蝶子輕碧山歸路小橋横誰見暗香今夜月朧明

又　東堂小酌賦秋月

庭下新生月憑君把酒看不須直待素團團恰似那人

眉様秀彎環　冷射鴛鴦兎清欺翡翠簾數枝煙柳小橋寒漸見風吹疎影過闌干

又　席上和欄守李師文

緑暗藏城市清香撲酒尊淡烟疎雨冷黄昏零落酴醾花片損春痕　潤入笙簫膩春餘笑語温更深不鎖醉鄉門先遣歌聲留住欲歸雲

臨江仙　宿僧舍

古寺長廊清夜美風松煙檜蕭然石闌干外上疎簾過

雲閒窈窕斜月靜嬋娟　獨自徘徊無個事瑶琴試奏流泉曲終誰見枕琴眠香殘虬尾細燈燼玉蟲偏

又　客有逢故人者代書其情

莫恨那回容易别不妨久遠情腸為人留下舊風光花枝長自好馥馥十年香　便是日時簾外月却來小檻低窗朦朧影裏淡梳粧相看如夢寐回首乍思量

又　都城元夕

聞道長安燈夜好雕龍寶馬如雲蓬萊清淺對觚稜玉

皇開碧落銀界失黃昏　誰見江南顦顇客端憂嬾步
芳塵小屏風畔冷香凝酒濃春入夢窗破月尋人

剔銀燈 同公素賦侑歌者以七急拍七拜勸酒

簾下風光自足春忽到席間屏曲瑶甕酥融羽觴蟻鬧
花映酃湖寒緑泊羅愁獨又何似紅圍翠簇　聚散悲
歡箭速不易一盃相屬頻剔銀燈別聽牙板尚有龍膏
堪續羅薰繡馥錦瑟畔低迷醉玉

武陵春

維嶽分公英特氣方丈拂長虹丙魏蕭曹總下風千載友夔龍　賓薰裊翠昏簾繡嘉頌佩紳同不用黃精埽鬢中元是黑頭翁

又

迎得春來閙好語賀燕立簾鉤轉蕙風光柳弄柔喜氣與春游　萬錢珍咼期公飯天自壽留侯文物昇平速置郵江左屬風流王儉云江左風流宰相唯有謝安

又

銀浦流雲初度月空碧掛團團照夜珠胎貝闕寒光彩滿長安 春風為拂新沙路珂馬款天關篆印金窠紅屈盤嵬崙押千官

又 正月二日天寒欲雪孫使君置酒作樂賓客揷花劇飲明日當立春

城上落梅風料峭寒馥逼清尊爽興天教屬使君雪意壓歌雲 揷帽殷羅金縷細燕燕早隨人留取笙歌直到明蓮漏已催春

又 正月十四夜孫使君席上觀雪繼而月復明

風過氷簷環珮響宿霧在華茵賸落瑤花襯月明嫦怕有纖塵鳳口銜燈金炷轉人醉覺寒輕但得清光解照人不負五更春

又 正月七日成都雪霽立春

春在前村梅雪裏一夜到千門玉珮瓊琚下冷雲銀界見東君桃花鬠暖雙飛燕金字巧宜春寂寞溪橋柳弄晴老也探花人

秦樓月 月下觀花

薔薇折一懷秀影花和月花和月著人濃似粉香酥色綠陰垂幕簾波疊微風過竹涼吹髮涼吹髮無人分付這些時節

訴衷情 三月八日仲存席上見吳家歌舞

花陰柳影映簾櫳羅幕繡重重行雲自隨語燕回雪趣驚鴻　銀字歇玉盃空蕙煙中桃花髻暖杏葉眉彎一片春風

又 七夕

短踈縈緑象牀低玉鴨度香遲微雲淡暑河漢涼過碧梧枝　秋韵起月陰移下簾時人間天上一樣風光我與君知

减字木蘭花 正月十七日孫守約觀殘燈是夕燈火甚盛而雪消雨作

暝風吹雪洗盡碧階今夜月試覓雲英更就藍橋惜月明　從教不惜自有使君家不夜誰道由天光景隨人特地妍

又 留賈耘老

曾教風月催促花邊煙棹歇不管花開月白風清始肯來　既來且住風月閑尋秋好處收取淒清暎日闌干

助夢吟　耘老夢中嘗作詩

又　李家出歌人

小橋秀絕露溼芙蕖花上月月下人人花樣精神月樣清　誰言見慣到了司空情不慢丞相嗔無若不嗔時醉倩扶

惜分飛　富陽水寺秋夕望月

山轉沙回江聲小望盡冷煙衰草夢斷瑶臺曉楚雲何處英英好　古寺黄昏人悄悄簾卷寒堂月到不會思量了素光看盡桐陰少

又　富陽僧舍作别語贈妓瓊芳

淚溼闌干花著露愁到眉峰碧聚此恨平分取更無言語空相覷　短雨殘雲無意緒寂寞朝朝莫莫今夜山深處斷魂分付潮回去

又　酒家樓望其商有佳客投之不至

花影低徊簾幕捲慣了雙來燕燕驚散雕闌晚雨昏煙重垂楊院　雲斷月斜紅燭短望斷真個望斷情寄梅花點趁風吹過樓南畔

又

恰則心頭托托地放下了日多縈係别恨還容易袖痕猶有年時淚　滿滿頻斟乞求醉且要時間忘記明日劉郎起馬蹄去便三千里

蝶戀花　聽周生鼓琵琶

聞說君家傳窈窕秀色天真更奪丹青妙細意端相都總好春愁春媚生顰笑　瓊玉胸前金鳳小那事殷勤總託琵琶道十二峯雲遮醉倒華燈翠帳花相照

又　秋晚東歸留吳會甚久無一人往還

江接寒溪家已近想見秋來松菊荒三徑自送吳山秋色盡星星却入雙蓬鬢　皂短鶴長真個定勛業未遲不用頻看鏡嬾出問人人不問綠尊倒盡橫書枕

又　戊寅秋寒秀亭觀梅

相見江南情不少爾許多時怪得無消耗淡日暎雲勾引到闌干寂寞憐春小　宮面可憐勻畫了粉瘦酥寒一段天真好喚起玉兒嬌睡覺半山殘月南枝曉

又 寒食

紅杏梢頭寒食雨燕子泥新不住飛來去行傍柳陰聞好語鸎兒穿過黄金縷　桑落酒寒盃嬾舉總被多情做得無情緒春過二分能幾許銀臺新火重簾幕

又 東堂下牡丹僕所栽者清明後見花

三疊闌干鋪碧甃小雨新晴纔過清明後初見花王披衮繡嬌雲瑞日明春晝　彩女朝真天質秀寶髻微偏風捲霞衣皺莫道東君情最厚韶光半在東堂手

又　春夜不寐

紅影班班吹錦片露葉煙梢寒月娟娟滿更起遶庭行百遍無人秖有棲鶯見　覔個薄情心對換愁緒偏長不信春宵短正是碧雲音信斷半衾猶賴薰薰暖

又　席上和孫使君孫暮春當受代

城上春雲低閣雨漸覺春隨一片花飛去素頸圓吭鶯燕語不妨緩緩歌金縷　墮紀頹綱公已舉但見清風蕭瑟隨談緒借寇假饒天不許未須忙遣韶華暮

又 送茶

花裏傳觴飛羽過漸覺金槽月缺圓龍破素手轉羅酥作顆鵝溪雪絹雲腴墮　七盞能醒千日臥扶起瑶山嫌怕香塵涴醉色輕鬆留不可清風停待些時過

又 歌枕

不雨不晴秋氣味酒病秋懷不作醒鬆地初換夾衣團翠被薔薇水潤衙香膩　旋折秋英餐露蕋金縷虬團更試康王水幽夢不來尋小睡無言剗盡屏山翠

更漏子 薰香曲

玉狻猊金葉暝馥馥香雲不斷長下著繡簾重怕隨花信風　傍薔薇搖露點衣潤得香長遠雙枕鳳一衾鸞柳煙花霧間

又 初秋雨後聞鶴唳

綠窗寒清漏短帳底沉香火煗殘燭暗小屏彎雲峰遮夢還　那些愁推不去分付一簷寒雨簷外竹試秋聲空庭鶴喚人

又　和孫公素泛舟觀競渡

柳藏煙雲漏日寒滿雕盤玉食風捲旆水遥天魚龍抰彩船　水遠人波面樂太守與民同樂春好處總隨軒花中誰狀元　京妓以色勝者為狀元紅

西江月　次韻孫使君賞花見寄時僕武康待次

花下春藏五馬松間風落雙旄兵厨玉帳捲鄠湖人醉碧雲欲暮　歸去聊登文石翶翔便是天衢雅歌誰觧繼投壺桃李無言滿路

又　縣圃小酌

煙雨半藏楊柳風光初到桃花玉人細細酌流霞醉裏將春留下　柳畔鴛鴦作伴花邊蝴蝶為家醉翁醉裏也隨他月在柳橋花榭

又　長安秋夜與諸君飲分題作

雨後夾衣初冷霜前細菊渾班孤稜清月繡團環萬里長安秋晚　槽下內家玉滴盤中江國金九春容著面作微殷燭影紅搖醉眼

又 侑茶詞

席上芙蓉待熉花間騕褭還嘶勸君不醉且無歸歸去誰人惜醉　湯點餅心未洗乳堆盞面初肥留連能得幾多時兩腋清風喚起

青玉案 新涼

芙蕖花上濛濛雨又冷落池塘暮何處風來搖碧戶捲簾凝望淡煙疎柳翡翠穿花去 玉京人去無由駐恁獨坐凭闌處試問緑窗秋到否可人今夜新涼一枕無計相分付

又 竹間戲作

玉嬰初有排雲分向晚色娟娟靜秋入風枝清不盡月和粉露徘徊孤映獨夜扶疎影 子猷風調全相稱是彼此無凡韻玉勒前頭花柳近水邊石上冷依煙雨時

有幽人問

又 戲贈醉妓

玉人為我殷勤醉向醉裏添姿媚偏著冠兒釵欲墜桃花氣暖露濃煙重不自禁春意 緑榆陰下東行水漸漸近凄涼地明月侵牀愁不睡眉兒吹皺為誰無語閣住陽關淚

又

今宵月好來同看月未落人還散把手留連簾兒畔含

羞和恨轉添凝眄花映春風面　相思不用寬金釧也
不用多情似王燕問取嬋娟學長遠不必清光夜夜見
但莫負團圓願

雨中花 下汴 月夜

寒浸東傾不定更奈櫓聲催繫堤樹朧明孤月上暗淡
淡移船影　舊事十年愁未醒漸老可奈離恨今夜有
誰知風中露裏目斷雲空盡

又 武康秋 雨池上

池上小寒欲霧竹暗小窗低户數點秋聲來侵短夢簷下芭蕉雨　白酒浮蛆雞啄黍問陶令幾時歸去溪月嶺雲蘋汀蓼岸總是思量處

鵲橋仙春院

紅摧緑剉鶯愁蝶怨滿院落花風緊醉鄉好夢恰懵騰又冷落一成吹醒　柔紅不耐暗香猶好覷著翻成不忍春心減盡眼長閒更肯被游絲牽引

又燭下看花

水精簾外沉香闌畔新下紅油畫幕百花何處避芳塵便獨自將春占却　月華淡淡夜寒森森猶把紅燈照著醉時從醉不歸家賢守定不教冷落

點絳唇 月波樓中秋作

高柳橫斜冷光凌亂搖踈翠露荷珠綴照見鴛鴦睡把酒看花相對情如醉秋光墜梧桐影碎丙夜人無寐

又 家人生日

柏葉春醅為君競酌玻璃盞玉簫牙管人意如春暖

髮緑長留不使韶華晚春無限碧桃花畔笑看蓬萊淺

又 月波樓重九作

手撫歸鴻坐臨煙雨簾旌潤氣清天近雲日温欄楯

壓玉浮金一醉留青鬢風光勝淡粧人靚眉黛生秋暈

又 家人生日

何處君家蟠桃花下瑶池畔日遲煙暖日得春長遠

幾見花開一任年光换今年見明年重見春色如人面

又 武都靜林寺妙峯亭席上作假山前引水激起數尺

秀嶺塞青冷泉凌亂催秋意珮環聲裏無限真珠碎難我平生識盡閒滋味來閒地為君一醉萬事溪雲外

又　醉中記遊一處復尋不果

小院重簾那回來處花相向遲遲一餉記得春模樣昨夜月明應照芙蓉帳空凝望蝶勞蜂攘誰在花枝上

又　惠山夜月贈鼓琴者時作流水弄

繡嶺橫秋玉螭吹暑迎涼氣碧崖流水流入春葱指半倚朱絃微彈連環珥通深意月明風細分付知音耳

如夢令

深苑重調絃管不覺銀臺燭短相對有金波天畔樓中都滿人遠人遠醉倚闌干玉冷

生查子 登高

鱸蟹正肥時煙雨新涼日露莖鬱金黃雲液蒲萄碧此日古為佳此醉君寧惜高挂水晶簾盡放秋光入

又 春日

日照小窗紗風動重簾繡寶炷暮雲迷曲沼晴漪縐

煙暖柳醒鬆雪盡梅清瘦恰是可憐時好似花穠後

又

釵上燕猶寒勝裏紅偏小恰有爾多春不許羣花笑

酒面粉酥融香袖金泥罩芳意已潛通殘雪猶相照

又 富陽道中

春晚出山城落日行江岸人不共潮來香亦臨風散

花謝小粧殘鶯困清歌斷行雨夢魂消飛絮心情亂

又

花地錦斑殘月篛波凌亂鬬鴨玉闌傍撲獸金爐畔小醉奈春何輕夢催雲散卻步蕙蘭中應被鴛鴦見

浪淘沙 生日

深院繡簾垂前日春歸畫橋楊柳弄煙霏池面東風先觧凍龜上漣漪 酒瀲玉東西香暎狻猊遠山鬱秀入雙眉待看碧桃花爛漫春日遲遲

菩薩蠻 次韵送別

玉巵細酌流霞灔金釵翠袖勤留客行色小梅殘官橋

楊柳寒　賜環宣室夜看落金蓮炧人記海南康流風

秀水傍

又 代贈

端端正正人如月孜孜媚媚花如頩花月不如人眉眉

眼眼青　沉香添小炷共挹薰爐語香觧著人衣君心

蝴蝶飛

又 定空賞

含章簷下眉如月擁酥和粉描踈雪桃杏莫争春凌風

臺畔人　如今千萬樹零亂孤村雨和雨滴瑤觴歸來肌骨香

又重陽

淡煙疎雨東籬曉菊團凄露真珠小青蕋挹寒枝因誰特故遲　曾是騷人晒羞做茱萸伴揉破鬱金黃與君些子香

又

溪山不盡知多少遙峰秀疊寒波渺攜酒上高臺與君

開壯懷　枉做悲秋賦醉後悲何處白髮幾黄花官裏付酒家

又 富陽道中

春潮曾送離魂去春山曾見傷離處老去不堪愁凭闌看水流　東風留不住一夜檐前雨明日覓春痕紅疎桃杏村

又 新城山中雨

雲山沁緑殘眉淺垂楊睡起腰枝軟不見玉粧臺飛花

將恨來　行雲何事惡雨透羅衣薄不忍溼殘春黃鶯啼向人

又 贈舞侶

當時學舞鈞天部驚鴻吹下江湖去家住百花橋何郎偏與嬌　杏梁塵拂面牙板閑鶯燕勸客玉梨花月侵釵燕斜

漁家傲 戊寅冬以病告卧潛玉時時策杖寒秀亭下作漁家傲三首

年少莫尋潛玉老無才無藝煩君笑暝過茆檐霜日曉

休起早竹閒盡日無人到　別逕小峰孤碧峭曲溝淺浸寒清遶此老相看情不少渾忘了渾然忘了長安道

又

恰則小菴貪睡著不知風撼梅花落一點兒春吹去卻香約略黃蜂猶抱紅酥萼　遶遍寒枝添索寞卻穿竹徑隨孤鶴守定微官真箇錯從今莫從今莫負雲山約

又

鬢底青春留不住功名薄似風前絮何似甕頭春沒數

都占取秪消一紙長門賦　寒日半窗桑柘暮倚闌目送繁雲去却欲載書尋舊路煙深處杏花菖葉耕春雨

阮郎歸 惜春

映階芳草淨無塵新晴隔柳陰綠絲步帳碧茸茵遮藏欲盡春　把酒醆弄芳辰柔情相與新遊絲飛絮冐簾旌閒愁漸不禁

又

雨餘煙草弄春柔芳郊翠欲流煗風時轉柳花毬晴光

爛不收　紅盡處緑新稠穠華只暫留却應留下等閑
愁令人雙鬢秋

絳都春太師生辰

餘寒尚峭早鳳沼凍開芝田春到茂對誕期天與公春
向廊廟元功開物争春妙付與穠華多少召還和氣拂
開霽色未妨談笑　縹緲五雲亂處種彤菰向熟碧桃
猶小雨露在門光彩充閭烏亦好實薰鬱霧城南道天
錫公任安危二十四考

天香 宴錢塘太守 內翰張公作

進止詳華文章爾雅金鑾恩異羣顏塵斷銀臺天低鼇禁最是玉皇香案燕公視草星斗動昭回雲漢對罷宵分又金蓮燭引歸院　年來偃藩江畔賴湖山慰公心眼碧瓦千家借袴襦餘暖黃氣珠庭漸滿望紅日長安殊不遠綏鑾端門青春未晚

滿庭芳 夏曲

爍石炎曦迷雲急雨院落槐午陰清藕花開遍綠細一

池萍槽下真珠溜溜龍團破河朔餘酲欄干外梧桐葉底金井轆轤聲　盈盈開霧帳珊瑚連枕雲母圍屏對肌膚冰雪自有涼生翠袖風回畫扇拂香篆虬尾斜横北窗晚娟娟静色竹影上簾旌

又　西園月夜賞花

馬絡青絲幛開紅錦小晴初斷香塵芳醪持燭别有箇佳人飛盖西園午夜花梢冷雲月朧明應還惜留花伴月占定可憐春　佳人争插帽已殘芳樹猶綴餘英任

紅辭香散蝶恨蜂嗔醉也和春戴去深院落初馥爐薰
玉臺畔未教卸了留映晚粧新

八節長歡送孫守公素

名滿人間記黃金殿舊賜清閑才高鸚䳸賦風凛惠文
冠濤波何處試蛟鰐到白頭猶守溪山且做龔黃様度
留與人看　桃溪柳曲陰圓離唱斷旌旗却捲春還穠
袴寄餘温雙石畔唯閑吏膽長寒詩翁去誰細遶屈曲
闌干從今後南來幽夢應隨月渡雲端

又 登高詞

澤國秋深繡楹天近坐久魂清溪山遶樽酒雲霧浥衣襟餘霞孤雁寄鄉愁寄寒閨一點離心杜老兩峰秀處短髪踈巾　佳人為折寒英羅袖濕真珠露冷鈿金幽豔為誰妍東籬下却教醉倒淵明君但飲莫覷他落日蕪城從教夜龍山清月端的便解留人

驀山溪 東堂武康縣令舍盡心堂也僕改名東堂治平中越人王震所作自吳興剌史府與五縣令舍無得與東堂爭廣麗者去年僕來見其突兀出蓊薈間而菌生梁上鼠走户内東西

雨便室蛛網粘塵蒙絡窗戶守舍無有丈夫履聲姑以告云前大夫憂民勞苦眠飯于簿書獄訟間是堂也向十餘間傾撓于蒿艾中鵲嘯其上狸經其下磨鐮澤斧以十父日往刈之纔可入欲以居人則有覆墜之患取以為薪則又可憐試擇其螻蟻之全加以斧斤乃能為亭二為菴為齋為樓各一雖卑隘僅可容膝然清泉修竹便有遠韻又伐惡木十許根而好山不約自至矣乃以生遠名樓畫舫名齋潛玉名菴寒秀陽春名亭花名塢蝶名徑而疊石為漁磯編竹為鶴巢皆在北池上獨陽春西窗高山最多又有酴醾一架僕頃少時喜筆硯淺事徒能誦古人紙上語未嘗與天下史師游以故邑人甚愚其令不以寄枉直雖有疾苦曾不以告也庭院蕭然鳥雀相呼僕乃得饒食晏眠無所用心于東堂之上戲作長短句一首托其聲于驀山溪

云

東堂先曉簾挂扶桑暎畫舫寄江湖倚小樓心隨望遠

水邉竹畔石瘦蘚花寒秀陰遮潛玉夢鶴下漁磯晚

藏花小塢蝶徑深深見彩筆賦陽春看藻思飄飄雲半

煙施山翠和月冷西窗玻璃盞蒲萄酒旋落酴醾片

又上元詞

嬋娟不老依舊東風面華燭下珠軿盛寒裏春光一片

不教暮景也似每常來水精宫銀色界今夜分明見

碧街如水人影花凌亂誰在柳陰中小粧寒落梅數點
詩翁獨倚十二玉闌干露濛濛雲冉冉千嶂琉璃淺

又 元夕詞

梅花初謝雪後寒微峭誰送一城春綺羅香風光窈窕
揷花走馬天近寶鞭寒金波上玉輪邊不是紅塵道
玻璃山畔夜色無由到深下水晶簾擁嚴粧鉛華相照
珠樓緲緲人月兩嬋娟尊前月月中人相見年年好

又 楊花

雪空三徑撲撲憐飛絮柔弱不勝春任東風吹來吹去

墻陰花外一片落誰家葉依依煙鬱鬱依舊如張緒

那人拈得吹向釵頭住不定却飛揚滿眼前攪人情懐

蜂兒蝶子教得越輕狂隔斜陽㸃芳草斷送青春暮

洞仙歌 中秋

緑煙深處碧海飛金鏡午夜玉階卧桂影相看露凉時

零落瓊漿神京遠唯有藍橋最近　水精簾不下雲母

屏開冷射佳人淡脂粉便總把許多明付與清尊拨曉

共流霞傾盡更移取胡床上南樓看玉做人間素秋千頃

遍地花 孫守席上詠牡丹

白玉欄邊自凝佇滿枝頭新彩雲雕霧甚芳菲繡得成團砌合出韶華好處　暎風前一笑盈盈吐檀心向誰分付莫與他西子精神不枉了東君雨露

夜遊宮 僕養一鶴逸去因問時以屬鄭德儁家今縣齋新作陽春亭旁見近山數峰因德儁歸以此語鶴便知僕居此不落寞也

長記勞君送遠柳煙重桃花波暖花外溪城望不見古槐邉故人稀秋鬢晚　我有凌霄伴在何處山寒雲亂何不隨君弄清淺見伊時話陽春山數點

醉花陰

檀板一聲鶯起速山影穿疎木人在翠陰中欲覓殘春春在屏風曲　勸君對客杯須覆燈照瀛洲緑西去玉堂深䰟冷䰟清獨引金蓮燭

又

金葉猶溫香未歇塵定歌初徹暝透薄羅衣一霎清風人映團團月　持杯試聽留春闋此箇情腸別分付與鶯鶯勸取東君停待芳菲節

上林春令十一月三十日見雪

蝴蝶初翻簾繡萬玉女齊回舞袖落花飛絮濛濛長憶著灞橋別後　濃香斗帳自永漏任滿地雲深月厚夜寒不近流蘇秖憐他後庭梅瘦

殢人嬌

雪做屏風花為行帳屏帳裏見春模樣小晴未了輕陰一晌酒到處恰如把春拈上　官柳黃輕河堤綠漲花多處少停蘭槳雪邊花際平蕪疊嶂這一段凄涼為誰悵望

又　約歸期偶參差戲作寄内

短棹猶停寸心先往說歸期喚作的當夕陽下地重城遠樣風露冷高樓誤伊等望　今夜孤村月明怎向依還是夢回繡幌還山想像秋波蕩漾明夜裏與伊畫著

眉上

河滿子 夏曲

急雨初收珠點雲峰巉絕天半轆轤金井卷紺冽簾外翠陰遮遍波翻水精重簾秋在瑠璃雙簟 漏永流花緩緩未放崦嵫晼晚紅荷綠芰暮天好小宴水亭風館雲亂香噴寶鴨月冷釵橫玉燕

七娘子 舟中早秋

山屏霧帳玲瓏碧更綺窗臨水新涼入雨短煙長柳橋

蕭瑟這番一日涼一日　離多緑鬢多時白這離情不似而今惜雲外長安斜暉脉脉西風吹夢來無跡

又　和賀方回登月波樓

月光波影寒相向借團圓欲做長壕様此老南樓風流可想慇勤氷彩隨人上　欲同次道傾家釀有兵厨玉盎金波漲雲外歸鴻煙中飛槳五湖秋與心無往

夜行船　雨夜泊吳江明日過垂虹亭

寒滿一衾誰共夜沉沉醉魂朦鬆雨呼煙喚付凄涼又

不成那些好夢　忽明日煙江暝曚扁舟係一行蝃蝀
季膺生事水瀰漫過鱸船再三目送

又　餘英谿汎舟

弄水餘英谿畔綺羅香日遲風慢桃花春浸一篙深畫
橋東柳和烟遠　漲綠流紅空滿眼倚蘭橈舊愁無限
莫把鴛鴦驚飛去要歌時少低檀板

燭影搖紅　松窗午夢初覺

一畝清陰半天瀟灑松窗午牀頭秋色小屏山碧長垂

煙縷 枕畔風摇緑户唤人醒不教夢去可憐恰到瘦石寒泉冷雲出處

又 送會宗

老景蕭條送君歸去添凄斷贈君明月滿前谿直到西湖畔 門掩緑苔應遍為黄花頻開醉眼橘奴無恙蝶子相迎寒窗日短 會宗小丝名夢蝶前植橘東偏甚廣

又 歸去曲

鬢緑飄蕭漫郎已是青雲晚古槐陰外小欄干不負看

山眼　此意悠悠無限有雲山知人醉嬾他年尋我水邊月底一蓑煙短

憶秦娥　冬夜宴東堂

醉醉醉擊珊瑚碎花花先借春光與酒家　夜寒我醉誰扶我應抱瑶琴卧清清攬月吟風不用人

又　二月二十三夜松軒作

夜夜夜了花朝也連忙指點銀瓶索酒嘗　明朝花落知多少莫把殘紅埽愁人一片花飛減却春

于飛樂 和太守曹子芳

水遶山雲畔水新出煙林送秋來雙檜寒陰檜堂寒香霧碧籠箔清深放衙隱几誰知共雲水無心　望西園飛蓋夜月到清樽為詩翁露冷風清退紅裙去碧袖花草爭春勸翁强飲莫辜負風月留人

又 代人作别凌曲

記朦騰濃睡裏一片行雲未多時夢破雲驚聽轆轤聲斷也井底銀瓶不如羅帶等閒便結得同心　繫畫船

楊柳岸曉月亭亭記陽關斷韻殘聲被西風吹玉枕酒魄還清有些言語獨自箇說與誰聽

又 別贈莛歌妓姊妹

並梅兒雙蝶子煙縷衫輕鳳皇釵繚繞香雲淡淡梳粧得恁雪膩酥勻搽春捻就更是他花與精神 黛尖低桃萼破微笑輕顰早做成役夢勞魂好風前佳月下莫忘行人扁舟去也沒箇事多樣離情

虞美人 東園賞春見柳日照杏花甚可愛

欽定四庫全書

游人莫笑東園小莫問花多少一枝半朶惱人腸無限姿姿媚媚倚斜陽　二分春去知何處賴是無風雨更將繡幕密遮花任是東風急性不由他

又

百花趕定東君去知與花何處陽春但更買花栽留住蜂兒蝶子等君來　翠輕緑嫩庭陰好醉便眠芳草春波如酒不曾空誰見東堂日日自春風

又官妓有名小者坐中乞詞

柳枝却學腰肢裊好似江東小春風吹緑上眉峯秀色欲流不斷眼波融　簷前月上燈花墮風遞餘香過小歡雲散已難收到處冷煙寒雨為君愁

洛陽春 東歸代同舟寄遠

月下風前花畔此情不淺欲留風月守花枝却不道而今遠　檣外鷺飛沙晚煙斜雨短青山衹管一重重向東下遮人眼

散餘霞

牆頭花口寒猶禁放繡簾晝静簾外時有蜂兒趁楊花不定 欄干又還獨凭念翠低眉暈春夢枉惱人腸更厭厭酒病

最高樓 散後

微雨過深院芰荷中香冉冉繡重重玉人共倚闌干角月華猶在小池東入人懷吹鬢影可憐風 分散去輕如雲與夢剩下了許多風與月侵枕簟冷簾櫳剛能小睡還驚覺略成輕醉早醒鬆仗行雲將此恨到眉峰

又 春恨

新睡起薰過繡羅衣裲洗了百般宜東風淡蕩垂楊院一春心事有誰知苦留人嬌不盡曲眉低　謾良夜月圓空好立恐落花流水終寄恨悲歡往往相隨鳳臺凝望雙雙羽高唐愁著夢回時又争比遵大路合逢伊

少年遊 長至日席上作

遥山雪氣入疎簾羅幕曉寒添愛日騰波朝霞入户一線過氷簷　緑尊香嫩蒲萄暖滿酌破冬嚴庭下早梅

已含芳意春近瘦枝南

粉蝶兒

雪徧梅花素光都共奇絶到䆫前認君時節下重幃香篆冷蘭膏明滅夢悠揚空繞斷雲殘月　沈郎帶寬同心放開重結褪羅衣楚腰一捻正春風新著摸花花葉葉粉蝶兒這回共花同活

調笑令

竊以緑雲之音不羞春燕結風之袖若翩秋鴻

勿謂花月之無情長寄綺羅之遺恨試爲調笑戲追風流少延重客之餘歡聊發清樽之雅興

珠樹陰中翡翠兒莫論生小被雞欺䴉鶒樓高蕩春思秋瓶聃碧雙琉璃御酥寫肌花作骨燕釵横玉雲堆髮使梁年少斷腸人凌波襪冷重城月

城月冷羅襪郎睡不知鸞帳揭香凄翠被燈明滅花困釵横時節河橋楊柳催行色愁黛有人描得

右崔徽

隼旟珮馬昌門西泰娘紺幰爲追隨河橋春風弄鬢
影桃花髻暎黄蜂飛繡茵錦薦承回雪水犀杴斜抱
明月銅駝夢斷江水長雲中月墮寒香歇
香歇袂紅艷記立河橋花自折隼旟紺幰城西闕教妾
驚鴻回雪銅駝春夢空愁絶雲破碧江流月

右泰娘

武寧節度客最賢後車摛藻争春妍曲眉豐頰亦能
賦惠中秀外誰取憐花嬌葉困春相逼燕子樓頭作

寒食月明空照合歡牀霓裳罷舞猶無力

無力倚瑶瑟罷舞霓裳今幾日樓空雨小春寒逼鈿暈

羅衫煙色簾前歸燕看人立却趁落花飛入

右眄眄

臨邛重客蜀相如被服容冶人閒都上宮煙娥笑迎

客繡屏六曲紅氍毹霰珠穿簾洞房晚歌倚瑶琴半

羞嬾天寒日暮可奈何挂客冠纓玉釵冷

釵冷鬢雲晚羅袖拂人花氣暝風流公子來應遠半倚

瑶琴羞㩓雲寒日暮天微霰無處不堪腸斷

右文君

寒雲夜捲霜倒飛一聲水調凝秋悲錦靴玉帶舞回雪丞相筵前看柘枝河東詞客今何地密寄軟綃三尺淚錦城春色隔瞿唐故華灼灼今顛頳

顛頳即何地密寄軟綃三尺淚傳心語眼即應記翠袖猶芬仙桂願即學做蝴蝶子去去來來花裏

右灼灼

春風戶外花蕭蕭緑窗繡屏阿母嬌白玉郎君恃恩力樽前心醉雙翠翹西廂月冷濛花霧落霞零亂牆東樹此夜靈犀已暗通玉環寄恨人何處

何處長安路不記牆東花拂樹瑤琴理罷霓裳譜依舊月窗風戶薄情年少如飛絮夢逐玉環西去

右鶯鶯

白蘋溪邊張水嬉紅蓮上客心在誰丹山鸞雛雜鷗鷺暮雲晚浪相逶迤十年東風未應老斗量明珠結

里媪花房著子青春深朱輪來時但芳草
芳草恨春老自是尋春來不早落花風起紅多少記得
一枝春小緑陰青子空相惱此恨平生懐抱

右茗子

半天高閣倚晴江使君燕客羅紈香一聲離鳳破凝
碧洞房十三春未央娉婷自惜春無量蘭帳寂寞徒
惆悵珮瑶棄置洛城東風流雲散空相望
相望楚江上縈水繚雲閒妙唱龍沙醉眼看花浪正要

風將月傍雲車瑶珮成惆悵裊柳白鬚相嚮

右張好好

破子

酒美從酒貴濯錦江邊花滿地鸍鸘換得文君醉暖和一團春意怕將醒眼看浮世不換雲芽雪水

又

花好怕花老暖日和風將養到東君須願長年少圖不看花草草西園一點紅猶小早被蜂兒知道

遣隊

歌長漸落杏梁塵舞罷香風捲繡裀更擬綠雲弄清切

樽前恐有斷腸人

感皇恩

爾歲撫郉人曾無恩意別後何人更相記顒與玉樹媲

與蒹葭相倚殷勤猶念我同吟醉　畫舸相追孤城已

閉不道扁舟雲外住夜分月冷一段波平風細憶君情

興滿無由寄

又 鎮江待閘

綠水小河亭朱闌碧甃江月娟娟上高柳畫樓縹緲盡挂窗紗簾繡月明知我意來相就 銀字吹笙金貂取酒小小微風弄襟袖寶薰濃炷人共博山煙瘦露涼釵燕冷更深後

又 晚酌

多病酒樽疎飲少輒醉年少銜盃可追記無多酌我醉倒阿誰扶起滿懷明月冷爐煙細 雲漠雖高風波無

際何似歸來醉鄉裏玻璃紅上滿載春光花氣蒲萄仙浪軟迷紅翠

東堂詞

片玉詞

周邦彦

欽定四庫全書　集部十

片玉詞　詞曲類　詞集之屬

提要

臣等謹案片玉詞二卷補遺一卷宋周邦彥撰邦彥字美成錢塘人元豐中獻汴都賦名為太樂正徽宗朝仕至徽猷閣待制出知順昌府徙處州卒自號清真居士宋史文苑傳云邦彥疎雋少檢不為州里推重好音樂能

自度曲製樂府長短句詞韻清蔚宋史藝文志載清真居士集十一卷蓋其詩文全集久已散佚其附載詩餘與否不可復考陳振孫書録解題載其詞清真集二卷後集一卷此編名曰片玉據毛晉跋稱為宋時刋本所題原作二卷其補遺一卷則晉採各選本成之疑舊本二卷即所謂清真集晉所掇拾乃其後集所載也其詞多用唐人詩句隱括入調

渾然天成長篇尤富艷精工善於鋪叙陳郁藏一話腴謂其以樂府獨步貴人學士市儇妓女皆知其詞為可愛非溢美也又邦彦本通音律下字用韻皆有法度故方千里和詞一一按譜填腔不敢稍失尺寸今以兩集互校如隔浦蓮近拍金丸落驚飛鳥句毛本注云按譜此處宜三字二句然千里詞作更猶終日魚鳥則周詞本是金丸落驚飛鳥非三

字二句又荔枝香近看兩兩相依燕新乳句止八字千里詞作深澗斗瀉飛泉灑甘乳句凡九字觀柳永吳文英二集此調亦俱作九字句不得謂千里為誤則此句尚脱一字今並釐正之又據書録解題有曹杓字季中號一壺居士者曽注清真詞二卷今其書不傳云乾隆四十九年十一月恭校上

總纂官臣紀昀臣陸錫熊臣孫士毅

總校官臣陸費墀

欽定四庫全書

片玉詞
提要

三

片玉詞序

文章政事初非兩塗學之優者發而為政必有可觀政有其暇則遊藝於詠歌者必其才有餘办者也溧水為負山之邑官賦浩穰民訟紛沓似不可以絃歌為政而待制周公元祐癸酉春中為邑長于斯其政敬簡民到于今稱之者固有餘愛而其尤可稱者於撥煩劇之中不妨舒嘯一觴一詠句中有眼膾炙人口者又有餘聲聲洋洋乎在耳則其政有不亡者存余慕周公之才名

有年于兹不謂於八十餘載之後踵公舊蹤旣喜而且媿故自到任以來訪其政事於所治後圃得其遺致有亭曰姑射有堂曰蕭閒皆取神仙中事揭而名之可以想像其襟抱之不凡而又覩新緑之池隔浦之蓮依然在目抑又思公之詞其撫寫物態曲盡其妙方思有以發揚其聲之不可忘者而未能及乎暇日從容式燕嘉賓歌者在上果以公之詞為首唱夫然後知邑人愛其詞乃所以不忘其政也余欲廣邑人愛之之意故裒公

之詞旁揆遠紹僅得百八十有二章釐為上下卷廼輟俸餘鳩工鋟木以壽其傳非惟慰邑人之思亦蘄傳之有所托俾人聲其歌者足以知其才之優於為邑如此故冠之以序而述其意云公諱邦彦字美成錢塘人也淳熙歲在上章困敦孟陬月圍赤奮若晉陽强煥序

欽定四庫全書

片玉詞

序

二

欽定四庫全書

片玉詞卷上

宋 周邦彥 撰

瑞龍吟

章臺路還見褪粉梅梢試華桃樹愔愔坊陌人家定巢燕子歸來舊處 黯凝佇因記箇人癡小乍窺門户侵晨淺約宮黄障風映袖盈盈笑語 前度劉郎重到訪鄰尋里同時歌舞唯有舊家秋娘聲價如故吟牋賦筆

猶記燕臺句知誰伴名園露飲東城閒步事與孤鴻去探春盡是傷離意緒官柳低金縷歸騎晚纖纖池塘飛雨斷腸院落一簾風絮

按此調自章臺路至歸來舊處是第一段自黯凝佇至盈盈笑語是第二段此謂之雙拽頭屬正平調自前度劉郎以下即犯大石係第三段至歸騎晚以下四句再歸正平坊刻皆于聲價如故分段者非　侵晨淺約宮黃或作宮粧非攷梁簡文詩約黃能效月李賀詩宮人面靨黃　猶記燕臺句或作蘭臺句非攷李義山柳枝詩序云柳枝洛中里娘也年十七不聘余從昆讓山北柳枝居為近他日春陰讓山下馬柳枝南柳下詠余燕臺詩柳枝驚問誰人為是讓山曰此吾少年叔耳柳枝手斷長帶結讓山為贈叔乞詩明日予策馬出其巷柳枝了鬟畢粧抱立扇下風障一袖指曰若叔是後三日隣當去

濺裙水上以博
山香待與郎俱

風流子

楓林凋晚葉關河迥楚客慘將歸望一川暝靄雁聲哀
怨半規涼月人影參差酒醒後淚花銷鳳蠟風幙卷金
泥砧杵韻高喚回殘夢綺羅香減牽起餘悲 亭皋分
襟地難堪處偏是掩面牽衣何況怨懷長結重見無期
想寄恨書中銀鉤空滿斷腸聲裏玉筯還垂多少暗愁
密意唯有天知

又

新綠小池塘風簾動碎影舞斜陽羨金屋去來舊時巢燕土花繚繞前度莓牆繡閣裏鳳幃深幾許聽得理絲簧欲説又休慮乖芳信未歌先噎愁轉清商　遥知新粧了開朱户應自待月西廂最苦夢魂今宵不到伊行問甚時却與佳音密耗寄將秦鏡偷換韓香天便教人霎時厮見何妨寄將秦鏡偷換韓香一作秦女韓郎非是按賈充女悦韓壽美姿遂通焉竊奇香以與壽樂府云盤龍明鏡餉秦嘉辟惡生香寄韓壽美成全用此作對

華胥引

川原澄映煙月冥濛去舟似葉岸足沙平蒲根水冷留雁唼別有孤角吟秋對曉風鳴軋紅日三竿醉頭扶起還怯 離思相縈漸看看鬢絲堪鑷舞衫歌扇何人輕憐細閱點撿從前恩愛鳳牋盈篋愁剪燈花夜來和淚雙疊舞衫歌扇一作舞靴非魏詩云舞衫飄細縠歌扇掩輕紗

意難忘

衣染鶯黃愛停歌駐拍勸酒持觴低鬟蟬影動私語口

脂香簷露滴竹風涼拚劇飲淋浪夜漸深籠燈就月子細端相　知音見說無雙解移宮換羽未怕周郎長顰知有恨貪耍不成粧些箇事惱人腸試說與何妨又恐伊尋消聽息瘦損容光（周瑜少精音樂雖三爵之後其有闕誤瑜必知之必顧故時人語云未怕周郎一作江郎非攷曲有誤周郎）

宴清都

地僻無鐘鼓殘燈滅夜長人倦難度寒吹斷梗風翻暗雪灑窗填户賓鴻漫說傳書算過盡千儔萬侶始信得

庾信愁多江淹恨極須賦淒涼病損文園徽絃乍拂音韻先苦淮山夜月金城暮草夢魂飛去秋霜半入清鏡歎帶眼都移舊處更久長不見文君歸時認否

蘭陵王

柳陰直煙裏絲絲弄碧隋堤上曾見幾番拂水飄綿送行色登臨望故國誰識京華倦客長亭路年去歲來應折柔條過千尺　閒尋舊蹤跡又酒趁哀絃燈照離席梨花榆火催寒食愁一箭風快半篙波暖回頭迢遞便

數驛望人在天北　悽惻恨堆積漸别浦縈迴津堠岑寂斜陽冉冉春無極念月榭攜手露橋聞笛沉思前事似夢魂裏淚暗滴

鏁窗寒 寒食

暗栁啼鴉單衣竚立小簾朱户桐陰半畝靜鏁一庭愁雨灑空堦夜闌未休故人剪燭西窗語似楚江暝宿風燈零亂少年羇旅　遲莫嬉遊處正店舍無煙禁城百五旗亭喚酒付與高陽儔侶想東園桃李經春小唇秀

靨今在否到歸時定有殘英待客攜罇俎時刻或于遲䒭下分段

隔浦蓮近拍中山縣圃姑射亭避暑作

新篁搖動翠葆曲徑通深窈夏果收新脆金丸落驚飛鳥濃靄迷岸草蛙聲鬧驟雨鳴池沼水亭小浮萍破處簾花簷影顛倒綸巾羽扇困臥北窗清曉屏裏吳山夢自到驚覺依前身在江表時刻或于池沼下分段金丸落驚飛鳥一作金丸落飛鳥注引李賀詩云閒把金丸落飛鳥按譜第四句第五句皆三字宜作金丸落驚飛鳥攷韓嫣好彈以金為丸打飛鳥一日所失十餘人爭拾之時人為之語曰若飢寒逐金丸簾花簷影一作簷花簾影杜子美詩

云燈前細雨簷花落盞簷前雨映燈光如花爾或改簷前細雨燈花落便無致味周美成用簷花茗溪漁隱病其與本意未合花菴詞選作簾花簷影今從之

蘇幕遮

燎沉香消溽暑鳥雀呼晴侵曉窺簷語葉上初陽乾宿雨水面清圓一一風荷舉 故鄉遙何日去家住吳門久作長安旅五月漁郎相憶否小檝輕舟夢入芙蓉浦

早梅芳近 譜無近字

花竹深房櫳好夜閒無人到隔窗寒雨向壁孤燈弄餘

照淚多羅袖重意密鶯聲小正魂驚夢怯門外已知曉去難留話未了早促登長道風披宿霧露洗初陽射林表亂愁迷遠覽苦語縈懷抱謾回頭更堪歸路杳

又

繚牆深叢竹繞宴席臨清沼微呈纖履故隱烘簾自嬉笑粉香粧暈薄帶緊腰圍小看鴻驚鳳翥滿座歎輕妙酒醒時會散了回首城南道河陰高轉露腳斜飛夜將曉異鄉奄歲月醉眼迷登眺路迢迢恨滿千里草

四園竹

浮雲護月未放滿朱扉鼠摇暗壁螢度破窗偷入書幃秋意濃閒竚立庭柯影裏好風襟袖先知夜何其江南路繞重山心知漫與前期奈向燈前墮淚腸斷蕭娘舊日書辭猶在紙雁信絶清宵夢又稀

鬲山溪

湖平春水藻荇縈船尾空翠撲衣襟拊輕榔遊魚驚避晚來潮上迤邐没沙痕山四倚雲漸起鳥度屏風裏

周郎逸興黄帽侵雲水落日媚滄洲泛一棹夷猶未已玉簫金管不共美人遊因箇甚煙霧底偏愛尊羙美

側犯

暮霞霽雨小蓮出水紅粧靚風定看步韈江妃照明鏡飛螢度暗草秉燭遊花徑人静攜豔質追凉就槐影金環皓腕雪藕清泉瑩誰念省滿身香猶是舊荀令見說胡姬酒爐寂静煙鎖漠漠藻池苔井誰念省滿身香猶是舊荀令或作舊時令非攷荀令年十五體能生香擬國婿之選不欲連姻帝室遂遁長沙故李端贈郭駙馬詩云焚香荀

令偏憐小　見説胡姬酒壚寂静或作文姬非㱚辛延年詩云答有霍家奴姓馮名子都依倚將軍勢調笑酒家胡胡姬年十五春日獨當壚長裾連理帶廣袖合歡襦左傳注胡姬乃齊景公妾也

齊天樂

緑蕪彫盡臺城路殊鄉又逢秋晚萋雨生寒鳴蛩勸織深閣時聞裁剪雲窗静掩嘆重拂羅裀頓疎花簟尚有練囊露螢清夜照書卷　荆江留滯最久故人相望處離思何限渭水西風長安亂葉空憶詩情宛轉凭高眺遠正玉液新篘蟹螯初薦醉倒山翁但愁斜照斂

荔枝香近

照水殘紅零亂風喚去盡日惻惻輕寒簾底吹香霧黄昏客枕無憀細響當窗雨看兩兩相依燕新乳樓下水漸淥遍行舟浦莫往朝來心逐片颿輕舉何日迎門小檻朱籠報鸚鵡如今誰念淒楚清真集作共剪西窗密炬

又

夜來寒侵酒席露微泫舄履初會香澤方熏無端暗雨

催人但怪燈偏簾卷回顧始覺驚鴻去遠　大都世間
最苦唯聚散到得春殘看即是開離宴細思別後柳眼
花鬚更誰剪此懷何處消遣

水龍吟 梨花

素肌應怯餘寒豔陽占立青蕪地樊川照日靈關遮路
殘紅斂避傳火樓臺妬花風雨長門深閉亞簾櫳半溼
一枝在手偏勾引黃昏淚　別有風前月底布繁陰滿
園歌吹朱鉛退盡潘妃却酒昭君乍起雪浪翻空粉裳

縞夜不成春意恨玉容不見瓊英謾好與何人比

六醜 薔薇謝後作

正單衣試酒恨客裏光陰虛擲願春暫留春歸如過翼一去無迹為問花何在夜來風雨葬楚宮傾國釵鈿墮處遺香澤亂點桃蹊輕翻柳陌多情最誰追惜但蜂媒蝶使時叩窗隔東園岑寂 漸濛籠暗碧靜遶珍叢底成歎息長條故惹行客似牽衣待話別情無極殘英小强簪巾幘終不似一朶釵頭顫裊向人欹側漂流處莫

趂潮汐恐斷鴻尚有相思字何由見得或于時叩窗隔分段字句稍異

恐斷鴻尚有相思字或作恐斷紅上有相思字非詩云來春縱有相思字三月天南斷雁飛

塞垣春

暮色分平野傍葦岸征帆卸煙深極浦樹藏孤館秋景如画漸别離氣味難禁也更物象供瀟灑念多才渾衰減一懷幽恨難寫　追念綺窗人天然自風韻閑雅竟夕起相思謾嗟怨遥夜又還將兩袖珠淚沈吟向寂寥寒燈下玉骨為多感瘦來無一把

掃花遊 清真集作 埽地花

曉陰翳日正霧靄煙横遠迷平楚暗黄萬縷聽鳴禽按曲小腰欲舞細遶回堤駐馬河橋避雨信流去一葉怨題今到何處 春事能幾許任占地持盃埽花尋路淚珠濺俎歎將愁度日病傷幽素恨入金徽見説文君更苦黯凝竚掩重關徧城鐘鼓

夜飛鵲 別情

河橋送人處良夜何其斜月遠墮餘輝銅盤燭淚已流

盡霏霏涼露霑衣相將散離會探風前津鼓杪參旗花驄會意縱揚鞭亦自行遲　迢遞路回清野人語漸無聞空帶愁歸何意重經前地遺鈿不見斜逕都迷兔葵燕麥向殘陽影與人齊但徘徊班草欷歔酹酒極望天西（兔葵燕麥或作菟葵非劉禹錫自遠州承召過玄都觀後復主客郎中重遊玄都惟兔葵燕麥搖動春風耳　但徘徊班草或作青草非王介甫詩云班草數行衣上淚與班荊同義）

滿庭芳（夏日溧水無想山作）

風老鶯雛雨肥梅子午陰佳樹清圓地卑山近衣潤費

爐烟人静烏鳶自樂小橋外新淥濺濺凭欄久黄蘆苦竹擬泛九江船　年年如社燕飄流瀚海來寄脩椽且莫思身外長近罇前顦顇江南倦客不堪聽急管繁絃歌筵畔先安簟枕容我醉時眠

花犯 詠梅

粉牆低梅花照眼依然舊風味露痕輕綴疑淨洗鉛華無限佳麗去年勝賞曾孤倚氷盤同燕喜更可惜雪中高樹香篝熏素被　今年對花最匆匆相逢似有恨依

依愁顇吟望久青苔上旋看飛墜相將見脆圓薦酒人
正在空江煙浪裏但夢想一枝瀟灑黄昏斜照水

大酺 春雨

對宿煙收春禽靜飛雨時鳴高屋牆頭青玉旆洗鉛霜
都盡嫩梢相觸潤逼琴絲寒侵枕障蟲網吹粘簾竹郵
亭無人處聽簷聲不斷困眠初熟奈愁極頻驚夢輕難
記自憐幽獨 行人歸意速最先念流潦妨車轂怎奈
向蘭成顦顇衛玠清羸等閒時易傷心目未怪平陽客

雙淚落笛中哀曲 況蕭索青蕪國紅糝鋪地門外荊桃如菽夜遊共誰秉燭怎奈向蘭成顦顇蘭成庾信小字一作蘭臺非

霜葉飛

露迷衰草踈星掛涼蟾低下林表素娥青女鬥嬋娟正倍添悽悄漸颯颯丹楓撼曉橫天雲浪魚鱗小見皓月相看又透入清輝半餉特地留照 迢遞望極關山波穿千里度日 如歲難到鳳樓今夜聽秋風奈五更愁抱想玉匣哀絃閉了無心重理相思調念故人牽離恨屏

掩孤顰淚流多少

法曲獻仙音

蟬咽涼柯燕飛塵幙漏閣籤聲時度倦脱綸巾困便湘竹桐陰半侵庭户向抱影凝情處時聞打窗雨耿無語歎文園近來多病情緒嬾罇酒易成間阻縹緲玉京人想依然京兆眉嫵翠幙深中對徽容空在紈素待花前月下見了不教歸去或于時聞打窗雨下分段漏閣籤聲時度或作滿閣非雞人掌銅漏傳籤于殿中者令投籤于階上使鎗然有聲漏籤乃籌箭也對徽容空在紈素或作嫩容非崔徽善

歌舞慕效中画其形容

渡江雲

晴嵐低楚甸暖迴雁翼陣勢起平沙驟驚春在眼借問何時委曲到山家塗香暈色盛粉飾爭作妍華千萬絲陌頭楊柳漸漸可藏鴉　堪嗟清江東注畫舸西流指長安日下愁宴闌風翻旗尾潮濺烏紗今宵正對初弦月傍水驛深艤蒹葭沉恨處但時時頻剔燈花或作銀花非吳融剪刀賦鶯聲轉曉畫眉而頻剔燈花

應天長 寒食

條風布暖霏霧弄晴池臺徧滿春色正是夜堂無月沉沉暗寒食梁間燕社前客似笑我閉門愁寂亂花過隔院芸香滿地狼籍 長記那回時邂逅相逢郊外駐油壁又見漢宮傳燭飛煙五侯宅青青草迷路陌强載酒細尋前迹市橋遠柳下人家猶自相識 坊刻或遺條風至正是二十字

玉樓春 按譜木蘭花令實是一調又如滿庭芳與鏁陽臺蘇幕遮與鬢雲鬆令之類俱同調而異名前後錯見姑仍之

當時攜手城東道月墮簷牙人睡了酒邊誰使客愁輕帳底不教春夢到　別來人事如秋草應有吳霜侵翠葆夕陽深鎖綠楊門一任盧郎愁裏老盧郎一作庾郎非攷盧家郎年暮為校書晚娶崔氏女崔有詞翰結褵之後微有嫌色盧因請詩為戲崔立成云不怨檀郎年紀大不怨檀郎官職卑自恨妾身生較晚不見盧郎年少時

又或另見別卷或刻秦少游

玉琴虛下傷心淚只有文君知曲意簾烘樓迫月宜人酒暖香融春有味　萋萋芳草迷千里惆悵王孫行未

已天涯回首一銷魂二十四橋歌舞地

又

大堤花豔驚郎目秀色穠華看不足休將寶瑟寫幽懷坐上有人能顧曲　平波落照涵顏玉畫舸亭亭浮淡淥臨分何以祝深清只有别愁三萬斛

又

玉奩收起新粧了鬢畔斜枝紅裊裊淺顰輕笑百般宜試著春衫應更好　裁金簇翠天機巧不稱野人簪破

帽滿頭聊作片時狂頓減十年塵土貌

又

桃溪不作從容住秋藕絶來無續處當時相候赤欄橋今日獨尋黃葉路　烟中列岫青無數雁背夕陽紅欲暮人如風後入江雲情似雨餘黏地絮當時相候赤欄橋絶妙詞選作當時無奈鳥聲哀

傷情怨

枝頭風信漸小看暮鴉飛了又是黃昏閉門收返照

江南人去路杳信未通愁已先到怕見孤燈霜寒催睡早

品令 梅花

夜闌人靜月痕寄梅梢踈影簾外曲角欄干近舊攜手處花霧寒成陣　應是不禁愁與恨縱相逢難問黛眉曾把春衫印後期無定腸斷香銷盡花霧寒成陣或刻花發霧寒成陣按譜第五句宜五字且沈詩落花紛似霧增一發字便少味

木蘭花令 暮秋餞別

郊原雨過金英秀風掃霜威寒入袖感君一曲斷腸歌送我十分和淚酒　古道塵清榆柳瘦繫馬郵亭人散後今宵燈盡酒醒時可惜朱顏成皓首

秋蕊香

乳鴨池塘水暖風緊柳花迎面午粧粉指印窗眼曲裏長眉翠淺　聞知社日停針線貪新燕寶釵落枕夢魂遠簾影參差滿院

菩薩蠻

銀河宛轉三千曲　浴鳧飛鷺澄波渌何處望歸舟夕陽

江上樓　天憎梅浪發故下封枝雪深院捲簾看應憐

江上寒

玉團兒清真集不載

鉛華淡竚新粧束好風韻天然異俗彼此知名雖然初

見情分先熟　爐烟淡淡雲屏曲睡半醒生香透肉賴

得相逢若還虚過生世不足

醜奴兒詠梅

肌膚綽約真仙子來伴氷霜洗盡鉛黄素面初無一點粧　尋花不用持銀燭暗裏聞香零落池塘分付餘妍與壽陽

又　下二闋清真集不載

南枝度臈開全少踈影當軒一種宜寒自共清蟾別有緣　江南風味依然在玉貌韶顔今夜凭欄不似釵頭子細看

又

香梅開後風傳信繡户先知霧濕羅衣冷豔須攀最遠枝　高歌羗管吹遥夜看即分披已恨來遲不見娉婷帶雪時

感皇恩

露栁好風標嬌鶯能語獨占春光最多處淺顰輕笑未肯等閒分付為誰心子裏長長若　洞房見説雲深無路憑仗青鸞道情素酒空歌斷又被濤江催度怎向言不盡愁無數

又清真集不載

小閣倚晴空數聲鍾定斗柄垂寒茸天靜朝來殘酒又被春風吹醒眼前猶認得當時景　往事舊懽不堪重省自歎多愁更多病綺窗依舊敲遍闌干誰會斷腸明月下梅搖影

宴桃源

塵暗一枰文繡淚濕領巾紅皺初暎綺羅輕腰勝武昌官柳長晝長晝閒卧午窗中酒塵暗一枰文繡清真集作塵滿一絣文繡

又

門外迢迢行路誰送郎邊尺素巷陌雨餘風當面濕花飛去無緒無緒閒處偷垂玉筯

月中行

蜀絲趁日染乾紅微暖口脂融博山細篆靄房櫳靜看打窗蟲　愁多膽怯疑虛幙聲不斷暮景疎鐘團團四壁小屏風淚盡夢啼中團團四壁小屏風一作團團一面小屏風非孫亮作圓琉璃屏風多布螢其中月下清夜舒之常籠四姬皆比絕色使入四座屏風內望之若無隔惟香氣不通于外

漁家傲

灰暖香融銷永晝蒲萄上架春藤秀曲角欄干羣雀鬭清明後風梳萬縷亭前柳　日照釵梁光欲溜循堦竹粉霑衣袖拂拂面紅新着酒沉吟久昨宵正是來時候

又

幾日輕陰寒惻惻東風急處花成積醉踏陽春懷故國歸未得黃鸝久住如相識　賴有蛾眉能暖客長歌屢勸金盃側歌罷月痕來照席貪歡適簾前重露成涓滴

定風波

莫倚能歌斂黛眉此歌能有幾人知他日相逢花月底重理好聲須記得來時若恨城頭傳漏永闕無情豈解惜分飛休訴金樽推玉臂從醉明朝有酒遣誰持

蝶戀花 詠柳

愛日輕明新雪後柳眼星星漸欲穿窗牖不待長亭傾別酒一枝已入騷人手淺淺柔黄輕蠟透過盡氷霜便與春爭秀强對青銅簪白首老來風味難依舊愛日輕明

新雪後清真集作緩日輕明新霽後

又

桃蕚新香梅落後葉暗藏鵶冉冉垂亭牖舞困低迷如著酒亂絲偏近遊人手　雨過蒙朧斜日透客舍青青特地添明秀莫話揚鞭回別首渭城荒遠無交舊

又

小閣陰陰人寂後翠幙褰風燭影摇疎牖夜半霜寒初索酒金刀正在柔荑手　粉薄絲輕光欲透小葉尖新

未放雙眉秀記得長條垂鷁首别離情味還依舊

又 詠柳

蠢蠢黃金初脱後暎日飛綿取次黏窗牖不見長條低拂酒贈行應已輸先手 鸎擲金梭飛不透小榭危樓處處添奇秀何日隋堤縈馬首路長人倦空思舊

又 早行 或作鳳棲梧另入别卷

月皎驚烏栖不定更漏將闌轣轆牽金井喚起兩眸青炯炯淚花落枕紅綿冷 執手霜風吹鬢影去意徘徊

别語愁難聽樓上闌干横斗柄露寒人逺鷄相應

又 下五闋青真集不載

魚尾霞生明逺樹翠壁黏天玉葉迎風舉一笑相逢蓬海路人間風月如塵土 剪水雙眸雲鬢吐醉倒天飄笑語生青霧此會未闌須記取桃花幾度吹紅雨

又

美盼低迷情宛轉愛雨憐雲漸覺寛金釧桃李香苞秋不展深心黯黯誰能見 宋玉牆高纔一覘絮亂絲繁

若隔春風面歌扳未終風色便夢為蝴蝶留芳甸

又

晚步芳塘新霽後春意潛來迤邐通窗牖午睡漸多濃似酒韶華已入東君手　嫩綠輕黃成染透燭下工夫洩漏章臺秀擬插芳條須滿首管交風味還勝舊

又

葉底尋花春欲暮折遍柔枝滿手真珠露不見舊人空舊處對花惹起愁無數　却倚欄干吹柳絮粉蝶多情

飛上釵頭佳若遣郎身如蝶羽芳時爭肯拋人去

又

酒熟微紅生眼尾半額龍香冉冉飄衣袂雲壓寶釵撩不起黃金心字雙垂耳　愁入眉痕添秀美無限柔情分付西流水忽被驚風吹別淚只應天始知人意

紅羅襖

畫燭尋懽去羸馬載愁歸念取酒東壚罇罍雖近採花南圃蜂蝶須知　自分袂天濶鴻稀空懐乖夢約心期

楚客憶江蘺算宋玉未必為秋悲

少年遊 感舊

并刀如水吳鹽勝雪纖指破新橙錦幄初溫獸香不斷相對坐吹笙 低聲問向誰行宿城上已三更馬滑霜濃不如休去直是少人行獸香不斷一作手香不斷非長安巧工作博山香爐為奇禽怪獸煙自口中出相對坐吹笙或用王建宫詞沉香火底坐吹笙句清真集又作相對坐調箏

又

簷牙縹緲小倡樓涼月掛銀鉤聒席笙歌透簾燈火風

景似揚州　當時直色欺春雪曾伴美人遊今日重來更無人問獨自倚闌愁

又荆州作

南都石黛埽晴山衣薄奈朝寒一夕東風海棠花謝樓上捲簾看　而今麗日明如洗南陌暖雕鞍舊賞園林喜無風雨春鳥報平安

又雨後

朝雲漠漠散輕絲樓閣澹春姿柳泣花啼九街泥重門

外燕飛遲　而今麗日明金屋春色在桃枝不似當時
小樓衝雨幽恨兩人知

還京樂

禁烟近觸處浮香秀色相料理正泥花時候奈何客裏
光陰虛費望箭波無際迎風漾日黃雲委任去遠中有
萬點相思清淚　到長淮底過當時樓下慇勤為說春
來覊旅況味堪嗟悮約乖期向天涯自看桃李想如今
應恨墨盈牋愁妝照水怎得青鸞翼飛歸教見顦顇

解連環 譜名玉連環 怨別

怨懷無託嗟情人斷絶信音遼邈縱妙手能解連環似風散雨收霧輕雲薄燕子樓空暗塵鎖一牀絃索想移根換葉盡是舊時手種紅藥 汀洲漸生杜若料舟依岸曲人在天角記得當日音書把閒語閒言待總燒却水驛春迴望寄我江南梅蕚拚今生對花對酒為伊淚落 清真集拚今生為伊對花對酒淚落 縱妙手能解連環一作信妙手能把連環非玟秦始皇遺齊君王后玉連環曰齊國多智能解此環否以示羣臣羣臣不知解君王后引椎破之謝秦使曰謹以解矣

綺寮怨

上馬人扶殘醉曉風吹未醒映水曲翠瓦朱簷垂楊裏乍見津亭當時曾題敗壁蛛絲罩淡墨苔暈青念去來歲月如流徘徊久嘆息愁思盈　去去倦尋路程江陵舊事何曾再問楊瓊舊曲淒清斂愁黛與誰聽樽前故人如在想念我最關情何須渭城歌聲未盡處先淚零

或于非徊久嘆息下分段

玲瓏四犯

穠李夭桃是舊日潘郎親試春豔自別河陽長負露房烟臉顦顇鬢點吳霜細念想夢魂飛亂嘆画闌玉砌都換纔始有緣重見　夜深偷展香羅薦暗窗前醉眠蔥蒨浮花浪蕊都相識誰更曾擡眼休問舊色舊香但認取芳心一點奈又片時一陣風雨惡吹分散（細念想夢魂飛亂按譜第七句六言無細字）

丹鳳吟　春恨

迤邐春光無賴翠藻翻池黃蜂遊閣朝來風暴飛絮亂

投簾幙生憎暮景倚牆臨岸杏靨夭斜榆錢輕薄晝永
惟思傍枕睡起無憀殘照猶在庭角　況是別離氣味
坐來但覺心緒惡痛飲澆愁酒奈愁濃如酒無計銷鑠
那堪昏暝簌簌半簷花落弄粉調朱柔素手問何時重
握此時此意生怕人道著

憶舊遊 清真集不載

記愁橫淺黛淚洗紅鉛門掩秋宵墜葉驚離思聽寒螿
夜泣亂雨蕭蕭鳳釵半脫雲鬟窗影燭花搖漸暗竹敲

涼蹤螢照曉兩地魂消　迢迢問音信道徑底花陰時認鳴鑣也擬臨朱户嘆因郎顦顇羞見郎招舊巢更有新燕楊栁拂河橋但滿眼京塵東風竟日吹露桃

拜星月慢

夜色催更清塵收露小曲幽坊月暗竹檻燈窗識秋娘庭院笑相遇似覺瓊枝玉樹相倚暖日明霞光爛水眄蘭情總平生稀見　畫圖中舊識春風面誰知道自到瑶臺畔眷戀雨潤雲溫苦驚風吹散念荒寒寄宿無人館

重門閉敗壁秋蟲嘆怎奈向一縷相思隔溪山不斷水昞蘭情或作木昞蘭情非韓詩云吳魚嶺雁無消息水昞蘭情別日多

倒犯 詠月清真集作吉了犯

霽景對霜蟾乍昇素烟如埽千林夜縞徘徊處漸移深窈何人正弄孤影蹁躚西窗悄冒露冷貂裘玉斝邀雲表共寒光飲清醥 淮左舊遊記送行人歸來山路窮駐馬望素魄印遙碧金樞小愛秀色初娟好念漂浮綿綿思遠道料異日宵征必定還相照奈何人自老共寒光飲

清醥或作清醪非韻攷蜀都賦置酒高堂觴以清醥

減字木蘭花 清真集不載

風鬟霧鬢便覺蓬萊三島近水透山明縹緲仙姿畫不成　廣寒丹桂豈是夭桃塵俗世只恐棄風飛上瓊樓玉宇中

木蘭花令 清真集不載　原本二首攷殘春一陣狂風雨是六一詞刪去

歌時宛轉饒風措鶯語清圓啼玉樹斷腸歸去月三更薄酒醒來愁萬緒　孤燈翳翳昏如霧枕上依稀聞笑

語惡嫌春夢不分明忘了與伊相見處

驀山溪 此二闋清真集不載

樓前疎柳柳外無窮路翠色四天垂數峰青高城闊處江湖病眼偏向此中明愁無語空凝竚兩兩昏鴉去平康巷陌往事如花雨十載却歸來倦追尋酒旗戲鼓今宵幸有人似月嬋娟霞袖舉盃深注一曲黃金縷

又

江天雪意夜色寒成陣翠袖捧金蕉酒紅潮香凝沁粉

簾波不動新月淡籠明香破豆燭頻花減字歌聲穩恨眉羞斂往事休重問人去小庭空有梅梢一枝春信擅心未展誰為探芳叢消瘦盡洗粧勻應更添風韻

青玉案 清真集不載

良夜燈光簇如豆占好事今宵有酒罷歌闌人散後琵琶輕放語聲低顫滅燭來相就 玉體偎人情何厚輕惱輕怜轉唧嚠雨散雲收眉兒皺只愁彰露那人知後把我來僝僽

一剪梅 清真集不載

一剪梅花萬樣嬌斜插疎枝略點眉梢輕盈微笑舞低回何事樽前拍手誤招　夜漸寒深酒漸消袖裏時聞玉釧輕敲城頭誰恁促殘更銀漏何如且慢明朝

水調歌頭 中秋寄李伯紀大觀文 清真集不載

今夕月華滿銀漢瀉秋寒風纚霧捲宛轉天陛玉樓寬應是金華仙子又喜今年藥就收拾山河影都向鏡中蟠闕　橫霜竹吹明月到中天要令四海遥

望千古此輪安何處今年無月唯有謫仙著語高絶莫能攀我故唤公起雲海路漫漫

南柯子

寶合分時菓金盤弄賜氷曉來堦下按新聲恰有一方明月可中庭　露下天如水風來夜氣清嬌羞不肯傍人行颺下扇兒拍手引流螢

又

膩頸凝酥白輕衫淡粉紅碧油涼氣透簾攏指點庭花

低映雲母屛風　恨逐瑶琴寫書勞玉指封等閒羸得瘦儀容何事不教雲雨略下巫峰

又 詠梳兒

桂魄分餘暈檀槽破紫心曉粧初試鬓雲侵每被蘭膏香染色深沉　指印纖纖粉釵横隱隱金有時雲雨鳳幃深長是枕前不見殢人尋

關河令 清真集不載時刻清商怨

秋陰時晴漸向暝變一庭淒冷佇聽寒聲雲深無雁影

更深人去寂静但照壁孤燈相映酒已都醒如何消夜永

鵲橋仙令 清真集不載

浮花浪蕊人間無數開遍朱朱白白瑶池一朶玉芙容秋露洗丹砂真色 晚凉拜月六銖衣動應被姮娥認得翩然欲上廣寒宫横玉度一聲天碧

花心動 清真集不載

簾捲青樓東風滿揚花亂飄晴晝蘭袂褪香羅帳褰紅

繡枕旋移相就海棠花謝春融暖偎人恁嬌波頻溜象床穩鴛衾謾展浪翻紅縐　一夜情濃似酒香汗漬鮫綃幾番微透鸞困鳳慵婭姹雙眼畫也畫應難就問伊可煞於人厚梅蕚露臙脂檀口從此後纖腰為郎管瘦

雙頭蓮 清真集不載

一抹殘霞幾行新雁天染斷紅雲迷陣影隱約望中點破晚空澄碧助秋色門掩西風橋横斜照青翼未來濃塵自起咫尺鳳幃合有人相識　歎乖隔知甚時恣與

同攜懽適度曲傳觴竝鞦飛轡綺陌畫堂連夕樓頭千里帳底三更盡堪淚滴怎生向總無聊但只聽消息

長相思 曉行 清真集俱不載

舉離觴掩洞房箭水泠泠刻漏長愁中看曉光 整羅裳脂粉香見埽門前車上霜相持泣路傍

又 閨怨

馬如飛歸未歸誰在河橋見別離修楊委地垂 掩面啼人怎知桃李成陰鸎哺兒閒行春盡時

又 舟中作

好風浮晚雨收林葉陰陰映鷁舟斜陽明倚樓　點凝眸憶舊遊艇子扁舟來莫愁石城風浪秋

又

沙棠舟小棹遊池水澄澄人影浮錦鱗遲上鉤　烟雲愁簫鼓休再得來時已變秋欲歸須少留

大有 清真集不載

仙骨清羸沈腰顦顇見傍人驚怪消瘦柳無言雙眉盡

日齊鬬都緣薄倖賦情淺許多時不成憔偶幸自也總由他何須負這心口　令人恨行坐呪斷了更思量沒心永守前日相逢又早見伊仍舊却更被溫存後都忘了當時僝僽便搊撮九百身心依前待有

萬里春 清真集不載

千紅萬翠簇定清明天氣為憐他種種清香好難為不醉　我愛深如你我心在個人心裏便相看老却春風莫無些歡意

鶴冲天 溧水長壽鄉作 清眞集俱不載

梅雨霽暑風和高柳亂蟬多小園臺榭遠池波魚戲動新荷 薄紗厨輕羽扇枕冷簟涼深院此時情緒此時天無事小神仙

又

白角簟碧紗厨梅雨乍晴初謝家池畔正清虚香散嫩芙蕖 日流金風解慍一弄素琴歌舞慢揺紈扇訴花牋吟待晚涼天

欽定四庫全書

片玉詞 卷上 三十三

片玉詞卷上

欽定四庫全書

片玉詞卷下

宋　周邦彥　撰

解語花上元

風銷絳蠟露浥紅蓮燈市光相射桂華流瓦纖雲散耿耿素娥欲下衣裳淡雅看楚女纖腰一把簫鼓喧人影參差滿路飄香麝　因念都城放夜望千門如畫嬉笑游冶鈿車羅帕相逢處自有暗塵隨馬年光是也唯只

見舊情衰謝清漏移飛蓋歸來從舞休歌罷

鎖陽臺懷錢塘 清真集俱不載 即滿庭芳

山崦籠春江城吹雨莫天烟淡雲昏酒旗漁市冷落杏花材蘇小當年秀骨縈蔓草空想羅裙潮聲起高樓噴笛五兩了無聞　淒涼懷故國朝鐘莫鼓十載紅塵但夢魂迢遞長到吴門聞道花開陌上歌舊曲愁殺王孫何時見名娃喚酒同倒甕頭春

又

花撲鞭鞘風吹衫袖馬蹄初趂輕裝都城漸遠芳樹隱
斜陽未慣覊遊況味征鞍上滿目淒涼今宵裏三更皓
月愁斷九迴腸　佳人何處去别時無計同引離觴但
唯有相思兩處難忘去即十分去也如何向千種思量
凝眸處黄昏畫角天遠路岐長

又

白玉樓高廣寒宫闕暮雲如幛褰開銀河一派流出碧
天來無數星躔玉李氷輪動光滿樓臺登臨處全勝瀛

海蒻水浸蓬萊　雲鬟香霧濕月娥韻靨雲凍江梅況飡花飲露莫惜裵徊坐看人間如掌山河影倒入瓊盃歸來晚笛聲吹徹九萬里塵埃

過秦樓　清真集作選官子或作惜餘春慢

水浴清蟾葉喧涼吹巷陌馬聲初斷閒依露井笑撲流螢惹破畫羅輕扇人靜夜久凭闌愁不歸眠立殘更箭嘆年華一瞬人今千里夢沉書遠　空見說鬢怯瓊梳容銷金鏡漸懶趁時勻染梅風地溽紅雨苔滋一架舞

紅都變誰信無聊為伊才減江淹情傷荀倩但明河影下還看稀星數點水浴清蟾俗本作京浴誤情傷荀倩一作荀令非荀奉倩妻曹氏有艷色嘗病倩以冷身熨之後卒倩嘆曰佳人難再得人弔之不哭而傷神未幾倩亦卒

解蹀躞 秋思

候館丹楓吹盡面旋隨風舞夜寒霜月飛來伴孤旅還是獨擁秋衾夢餘酒困都醒滿懷離苦　甚情緒深念淩波微步幽房暗相遇淚珠都作秋宵枕前雨此恨音驛難通待憑征雁歸時帶將愁去

蕙蘭芳引 秋懷

寒瑩晚空點青鏡斷霞孤鶩對客館深扃霜草未衰更緑倦遊厭旅但夢逵阿嬌金屋想故人别後盡日空疑風竹　塞北氍毹江南圖障是處温燠更花管雲牋猶寫寄情舊曲音塵迢遞但勞逵目今夜長爭奈枕單人獨

六幺令 重陽

快風收雨亭館清殘燠池光静横秋影岸柳知新沐閒

道宜城酒美昨日新醅熟輕鑣相逐衝泥策馬來折東籬半開菊　華堂花艷對列一一驚郎目歌韵巧共泉聲間雜琮琤玉惆悵周郎已老莫唱當時曲幽歡難卜明年誰健更把茱萸再三囑間襍琮琤玉清真集作間雜淙哀玉

紅林檎近　詠雪

高柳春纔軟凍梅寒更香暮雪助清峭玉塵散林塘那堪飄風遞冷故遺度幙穿窗似欲料理新粧呵手弄絲簧　冷落詞賦客蕭索水雲鄉援毫授簡風流猶憶東

梁望虛簷徐轉廻廊未埽夜長莫惜空酒觴

又 雪晴

風雪驚初霽水鄉增𦶜寒樹杪墮毛羽簷牙挂琅玕才喜門堆巷積可惜迤邐銷殘漸看低竹翩翻清池漲微瀾 步屧晴正好宴席晚方歡梅花耐冷亭亭來入冰盤對前山横素愁雲變色放盃同覓高處看

滿路花 詠雪

金花落燼燈銀礫鳴窗雪庭深微漏斷行人絶風扉不

定竹圃琅玕折玉人新間闊著這情懷更當恁地時節

無言欹枕帳底流清血愁如春後絮來相接知他那

裏爭信人心切除共天公說不成也還似伊無箇分別

又 冬景

簾烘淚雨乾酒壓愁城破冰壺防飲渴培殘火朱消粉

褪絶勝新梳裹不是寒宵短日上三竿殢人猶要同卧

如今多病寂寞章臺左黄昏風弄雪門深鎖蘭房密

愛萬種思量過也須知有我著甚情懷但你忘了人呵

氏州第一 清真集作熙州摘遍字句稍異

波落寒汀村渡向晚遥看數點帆小亂葉翻鴉驚風破雁天角孤雲縹緲宫柳蕭踈甚尚挂微微殘照景物關情川途換目頓來催老　漸解狂朋歡意少奈猶被思牽情繞座上琴心機中錦字覺最縈懷抱也知人懸望久薔薇謝歸來一笑欲夢高唐未成眠霜空已曉

尉遲盃 離別

隋堤路漸日晚密靄生深樹陰陰淡月籠沙還宿河橋

深處無情畫舸都不管烟波隔前浦等行人醉擁重衾載將離恨歸去　因思舊客京華長偎傍疎林小檻歡聚冶葉倡條俱相識仍慣見珠歌翠舞如今向漁村水驛夜如歲爇香獨自語有何人念我無聊夢魂凝想鴛侶

塞翁吟　夏景

暗葉啼風雨窗外曉色朧朧散水麝小池東亂一岸芙蓉蘄州簟展雙紋浪輕帳翠縷如空夢遠別淚痕重淡

鉛臉斜紅　冲冲嗟顦顇新寬帶結羞豔冶都銷鏡中有蜀紙堪憑寄恨等今夜灑血書詞剪燭親封菖蒲漸老早晚成花教見薰風等今夜灑血書詞或作灑淚書詞非韓愈云刳肝以為紙瀝血以書詞

遶佛閣 旅況

暗塵四斂樓觀迥出高映孤館清漏將短厭聞夜久籤聲動書慢桂華又滿閒步露草偏愛幽遠花氣清婉望中迤邐城陰度河岸　倦客最蕭索醉倚斜橋穿柳線

還似汴堤虹梁横水面看浪颭春燈舟下如箭此行重見嘆故友難逢羈思空亂兩眉愁向誰行展

慶春宫 悲秋 或刻柳耆卿 偏憐嬌鳳作唯他絶藝

雲接平岡山圍寒野路回漸轉孤城衰柳啼鴉驚風驅雁動人一片秋聲倦途休駕澹烟裏微茫見星塵埃顦顇生怕黄昏離思牽縈 華堂舊日逢迎花艷參差香霧飄零絃管當頭偏憐嬌鳳夜深簧暖笙清眼波傳意恨密約匆匆未成許多煩惱只為當時一餉留情

滿江紅 春閨

晝日移陰攬衣起春帷睡足臨寶鑑綠雲撩亂未忺粧束蝶粉蜂黃都褪了枕痕一線紅生玉背畫欄脉脉儘無言尋棊局 重會面猶未卜無限事縈心曲想秦箏依舊尚鳴金屋芳草連天迷遠望寶香薰被成孤宿最苦是蝴蝶滿園飛無心撲

丁香結

蒼蘚沿堦冷螢粘屋庭樹望秋先隕漸雨淒風迅澹暮

色倍覺園林清潤漢姬紈扇在重吟玩棄擲未忍登山臨水此恨自古銷磨不盡　牽引記醉酒歸時對月同看雁陣寶幄香纓熏爐象尺夜寒燈暈誰念留滯故國舊事勞方寸唯丹青相伴那更塵昏蠹損

三部樂　梅雪

浮玉飛瓊向邃館靜軒倍增清絕夜窗垂練何用交光明月閒道宮閣多梅趁暗香未遠凍蕊初發倩誰折取持贈情人桃葉　回紋近傳錦字道為君瘦損是人都

說祅知染紅著手膠梳黏髮轉思量鎮長墮睫都只為

情深意切欲報信息無一句堪喻愁結

西河 金陵懷古

佳麗地南朝盛事誰記山圍故國遶清江髻鬟對起怒

濤寂莫打孤城風檣遥度天際斷崖樹猶倒倚莫愁艇

子曾繫空餘舊迹鬱蒼蒼霧沉半壘夜深月過女牆來

賞心東望淮水　酒旗戲鼓甚處是想依稀王謝鄰里

燕子不知何世向尋常巷陌人家相對如說興亡斜陽

裏花菴詞選作三疊風檣遥望天際作一截賞心東望淮水又作一截 清真集在空餘舊迹分段

又 清真集不載

長安道瀟灑西風時起塵埃車馬晚游行霸陵煙水亂鴉棲鳥夕陽中參差霜樹相倚到此際愁如葦冷落關河千里追思唐漢昔繁華斷碑殘記未央宮闕已成灰終南依舊濃翠 對此景無限愁思遶天涯秋蟾如水轉使客情如醉想當時萬古雄名盡作往來人淒涼事

一寸金 新定詞

州夾蒼崖下枕江山是城郭望海霞接日紅翻水面晴風吹草青搖山脚波暎鳧鷺作沙痕退夜潮正落疎林外一點炊煙渡口參差正寥廓　自歎勞生經年何事京華信漂泊念渚蒲汀柳空歸閒夢風輪雨檝終辜前約情景牽心眼流連處利名易薄迴頭謝冶葉倡條便入漁釣樂

瑞鶴仙

悄郊原帶郭行路永客去車塵漠漠斜陽映山落斂餘

紅猶戀孤城闌角淩波步弱過短亭何用素約有流鶯勸我重解繡鞍緩引春酌　不記歸時早莫上馬誰扶醒眠朱閣驚飈動幙扶殘醉遶紅藥嘆西園已是花深無地東風何事又惡任流光過却猶喜洞天自樂

又　清真集不載

暝煙籠細柳弄萬縷千絲年年春色晴風蕩無際濃於酒偏醉情人調客闌干倚處度花香微散酒力對重門半掩黄昏淡月院宇深寂　愁極因思前事洞房佳宴

正値寒食尋芳遍賞金谷里銅陀陌到而今魚雁沉沉無信息天涯常是淚滴早歸來雲館深處那人正憶

浪淘沙慢 恨別

曉陰重霜凋岸草霧隱城堞南陌脂車待發東門帳飲乍闋正拂面垂楊堪攬結掩紅淚玉手親折念漢浦離鴻去何許經時信音絶　情切望中地遠天闊向露冷風清無人處耿耿寒漏咽嗟萬事難忘唯是輕別翠罇未竭憑斷雲留取西樓殘月羅帶光銷紋衾疊連環解

舊香頓歇怨歌永瓊壺敲盡缺恨春去不與人期弄夜色空餘滿地梨花雪 時刻在情切分段

又 清真集不載

萬葉戰秋聲露結雁度砂磧細草和煙尚緑遥山向晚更碧見隱隱雲邊新月白映落照簾幕千家聽數聲何處倚樓笛裝點盡秋色 脉脉旅情暗自消釋念珠玉臨水猶悲感何況天涯客憶少年歌酒當時蹤跡歲華易老衣帶寬懊惱心腸終窄飛散後風流人阻藍橋約

悵恨路隔馬蹄過猶斷舊巷陌歎往事一一堪傷曠望極凝思又把闌干拍

西平樂 元豐初予以布衣西上過天長道中後四十餘年辛丑正月二十六日避賊復遊故地感歎歲月偶成此詞

穉柳蘇晴故溪渴雨川迥未覺春賒駝褐寒侵正憐初日輕陰抵死須遮歎事逐孤鴻去盡身與塘蒲共晚爭知向此征途迢遞竚立塵沙追念朱顏翠髮曾到處故地使人嗟 道連三楚天低四野喬木依前臨路欹斜

重慕想東陵晦迹彭澤歸來左右琴書自樂松菊相依
何況風流鬢未華多謝故人親馳鄭驛時倒融尊勸此
淹留共過芳時翻令倦客思家

玉燭新 早梅

溪源新蠟後見數朶江梅剪裁初就暈酥砌玉芳英嫩
故把春心輕漏前村昨夜想弄月黄昏時候孤岍峭踈
影横斜濃香暗沾襟袖　樽前賦與多才問嶺外風光
故人知否壽陽謾鬭終不似照水一枝清瘦風嬌雨秀

好亂插繁華盈首須信道羞𧫿無情看。又奏

南鄉子

晨色動粧樓短燭熒熒悄未収自在開簾風不定颼飀池面氷澌趁水流　早起怯梳頭欲綰雲鬟又却休不會沈吟思底事凝眸兩點春山滿鏡愁

又　下四闋清真集不載

秋氣遶城闉蕭角寒鴉未掩門記得佳人衝雨別吟分別緒多於雨後雲　小棹碧溪津恰似江南第一春應

是採蓮閑伴侶相尋收取蓮心與舊人

又

寒夜夢初醒行盡江南萬里程早是愁來無會處時聽敗葉相傳細雨聲　書信也無憑萬事由他別後情誰信歸來須及早長亭短帽輕衫走馬迎

又 詠秋夜

戶外井桐飄淡月疎星共寂寥恐怕霜寒初索被中宵已覺秋聲引雁高　羅帶束纖腰自剪燈花試彩毫收

起一封江北信明朝為問江頭早晚潮

又 撥燕巢

輕軟舞時腰初學吹笙苦未調誰遣有情知事早相撩暗與羅巾遠見招　癡騃一團嬌自折長條撥燕巢不道有人潛看著從教掉下鬟心與鳳翹

望江南

歌席上無賴是橫波寶髻玲瓏攲玉燕繡巾柔膩掩香羅人好自宜多　無箇事因甚斂雙蛾淺淡梳粧疑見

晝惺鬆言語勝聞歌何況會婆娑

又 春遊

遊妓散獨自遶回堤芳草懷煙迷水曲密雲銜雨暗城西九陌未霑泥　桃李下春晚自成蹊墻外見花尋路轉柳陰行馬過鶯啼無處不悽悽

浣溪沙

不為蕭娘舊約寒何因容易别長安預愁衣上粉痕乾幽閤深沉燈焰喜小爐隣近酒盃寛為君門外脱歸

鞍

又

翠葆參差竹徑成新荷跳雨碎珠傾曲欄斜轉小池亭

風約簾衣歸燕急水搖扇影戲魚驚柳梢殘日弄微

晴

又

寶扇輕圓淺畫繒象床平穩細穿藤飛蝇不到避壺冰

翠枕面涼頻益睡玉簫手汗錯成聲日長無力要人

凭

又

薄薄紗幮望似空簟紋如水浸芙容起來嬌眼未惺憁强整羅衣擡皓腕更將紈扇掩酥胸羞郎何事面微紅

又

爭挽桐花兩鬢垂小粧弄影照清池珠簾踏襪趂蜂兒跳脱添金雙腕重琵琶破撥四絃悲夜寒誰肯翦春

衣

又 或刻歐陽永叔

雨過殘紅溼未飛踈籬一帶透斜暉遊蜂釀蜜竊香歸
金屋無人風竹亂夜篝盡日水沉微一春須有憶人
時

又

日薄塵飛官路平眼明喜見汴河傾地遥人倦莫兼程
下馬先尋題壁字出門閑記榜村名早収燈火夢傾

城

又

貪向津亭擁去車不辭泥雨濺羅襦淚多脂粉了無餘
酒釅未須令客醉路長終是少人扶早教幽夢到華
胥

又 或刻李易安

樓上晴天碧四垂樓前芳草接天涯勸君莫上最高梯
新笋看成堂下竹落花都上燕巢泥忍聽林表杜鵑

啼

又

日射欹紅臈蔕香風乾微汗粉襟涼碧綃對捲簟紋光自剪柳枝明畫閣戲抛蓮菂種横塘長亭無事好思量

浣溪沙慢 清真集不載

水竹舊院落櫻筍新蔬果嫩英翠幄紅杏交榴火心事暗卜葉底尋雙朵深夜歸青鎖燈盡酒醒時曉窗明釵

橫鬌䩫　怎生郵被間阻時多奈愁腸數疊幽恨萬端好夢還驚破可怪近來傳語也無個莫是嗔人呵真個若嗔人却因何逢人問我

點絳唇

孤館迢迢䔥天草露霑衣潤夜來秋近月暈通風信今日源頭黃葉飛成陣知人悶故來相趂共結臨岐恨

又

遼鶴歸來故鄉多少傷心地寸書不寄魚浪空千里

憑仗桃根說與相思意愁無際舊時衣袂猶有東風淚

又

征騎初停酒行莫放離歌舉柳汀蓮浦看盡江南路苦恨斜陽冉冉催人去空回顧淡煙橫素不見揚鞭處

酒行莫放離歌舉清真集作盡筵欲散離歌舉

又

臺上披襟快風一瞬收殘雨柳絲輕舉蛛網黏飛絮極目平蕪應是春歸處愁凝佇楚歌聲苦村落黃昏鼓

夜遊宮

客去車塵未斂古簾暗雨苔千點月皎風清在處見奈今宵照初絃吹一箭　池曲河聲轉念歸計眼迷魂亂明日前村更荒遠且開罇任紅鱗生酒面

又　秋暮晚景

葉下斜陽照水捲輕浪沉沉千里橋上酸風射眸子立多時看黄昏燈火市　古屋寒窗底聽幾片井桐飛墜不戀單衾再三起有誰知為蕭娘書一紙

又 清真集不載

一陣斜風橫雨薄衣潤新添金縷不謝鉛華更清素倚筠窗弄么絃嬌欲語　小閣橫香霧正年少小娥愁緒莫是栽花被花妬甚春來病懨懨無會處

訴衷情 殘杏

出林杏子落金盤齒軟怕嘗酸可惜半殘青子猶印小脣丹　南陌上落花閒雨斑斑不言不語一段傷春都在眉閒

又

堤前亭午未融霜風緊雁無行重尋舊日岐路茸帽北遊裝　期信杳別離長遠情傷風翻酒幔寒凝茶煙又是何鄉

又　清真集不載

當時選舞萬人長玉帶小排方喧傳京國聲價年少最無量　花閣迥酒筵香想難忘而今何事佯向人前不認周郎喧傳京國聲價時刻讓與都城聲價

一落索 清真集作洛陽春

眉共春山爭秀可憐長皺莫將清淚濕花枝恐花也如人瘦 清潤玉簫間久知音稀有欲知日日倚欄愁但問取亭前柳

又

杜宇催歸聲苦和春歸去倚闌一霎酒旗風任撲面桃花雨 目斷隴雲江樹難逢尺素落霞隱隱日平西料想是分攜處

迎春樂

清池小圃開雲屋結春伴往來熟憶年時縱酒盃行速看月上歸禽宿 牆裏修篁森似束記名字曾刊新綠見説別來長冷翠蘚封寒玉

又

桃溪柳曲閒蹤跡俱曾是大堤客解春衣貰酒城南陌頻醉卧胡姬側 鬢點吳霜嗟早白更誰念玉溪消息他日水雲身相望處無南北

又 擕妓

人人豔色明春柳憶筵上偷擕手趂歌停舞歇來相就醒醒箇無些酒　比目香囊新刺繡連隔座一時薫透為甚月中歸長是他隨車後

虞美人

燈前欲去仍留戀腸斷朱扉遠不須紅雨洗香腮待得薔薇花謝便歸來　舞腰歌板閒時按一任傍人看金爐應見舊殘煤莫遣恩情容易似寒灰

又

簾纖小雨池塘遍細點破萍面一雙燕子守朱門此似尋常時候易黄昏　宜城酒泛浮春絮細作更闌語相看蕣思亂如雲又是一窗燈影兩愁人

又

踈籬曲徑田家小雲樹開秋曉天寒山色有無中野外一聲鐘起送孤篷　添衣策馬尋亭堠愁抱惟宜酒菰蒲睡鴨占陂塘縱被行人驚散又成雙

又 一本無此首

淡雲籠月松溪路長記分攜處夢魂連夜遶松溪此夜相逢恰似夢中時　海山陡覺風光好莫惜金罇倒柳花吹雪燕飛忙生怕扁舟歸去斷人腸

又

玉觴纔掩朱絃悄彈指壺天曉回頭猶認倚牆花只向小橋南畔便天涯　銀蟾依舊當窗滿顧影魂先斷淒風休颭半殘燈擬倩今宵歸夢到雲屏

又

金閨平帖春雲暝畫漏花前短玉顏酒解豔紅消一向

捧心啼困不成嬌　別來新翠迷行徑窗鏁玲瓏影研

綾小字夜來封斜倚曲闌凝睇數歸鴻研綾小字夜來封一作研綾非

王介甫詩小研紅綾閒詩句

醉桃源清眞集作阮郎歸

冬衣初染遠山青雙絲雲雁綾夜寒袖溼欲成冰都緣

珠淚零　情黯黯悶騰騰身如秋後蠅若教隨馬逐郎

行不辭多少程

又

菖蒲葉老水平沙臨流蘇小家畫闌曲徑宛秋蛇金英垂露華　燒窑炬引蓮娃酒香醺臉霞再來重約日西斜倚門聽暮鴉

鳳來朝 佳人

逗曉看嬌面小窗深弄明未辨愛殘粧宿粉雲鬟亂最好是帳中見　說夢雙蛾微斂錦衾溫獸香未斷待起

難捨拚任日炙畫樓曖待起難捨拚清真集作待起又如何拚

垂絲釣

縷金翠羽粧成纔見眉嫵倦倚玉奩看舞風絮愁幾許寄鳳絲雁柱春將莫向層城苑路鈿車如水　時時花徑相遇舊遊伴侶還到曾來處門掩風和雨梁燕語問郎人在否

粉蝶兒慢

宿霧藏春餘寒帶雨占得羣芳開晚豔初弄秀倚東風

嬌嬾隔葉黃鸝傳好音喚入深叢中探數枝新比昨朝又早紅稀香淺　眷戀重來倚檻當韶華未可輕辜雙眼賞心隨分樂有清罇檀板每歲嬉遊能幾日莫使一聲歌欠忍因循片花飛又成春減

紅窗迥

幾日來眞個醉不知道窗外亂紅已深半指花影被風搖碎　擁春醒乍起有個人人生得濟楚來向耳畔問道今朝醒未情性兒慢騰騰地惱得人又醉

念奴嬌 清真集不載

醉魂乍醒，聽一聲啼鳥，幽齋岑寂。淡日朦朧初破曉，滿眼嬌情天色。最惜香梅，凌寒偷綻，漏泄春消息。池塘芳草，又還淑景催逼。　因念舊日芳菲，桃花永巷，恰似初相識。荏苒時光，因慣却、覓雨尋雲蹤跡。奈有離拆，瑶臺月下，回首頻思憶。重愁疊恨，萬般都在胸臆。

黄鸝遶碧樹

雙闕籠佳氣，寒威日晚，歲華將暮。小院閒庭，對寒梅照雪淡烟凝素忍當迅景動無限傷春情緒猶賴是上苑風光漸好芳容將煦　草荚蘭芽漸吐且尋芳更休思慮這浮世甚驅馳利祿奔競塵土縱有魏珠照乘未買得流年住爭如剩引榴花醉偎瓊樹爭如剩引榴花醉偎瓊樹清真集作爭如盛飲流霞醉偎瓊樹

鬢雲鬆令　送傅國華奉使三韓　清真集不載即蘇幕遮

鬢雲鬆眉葉聚一闋離歌不為行人駐檀板停時君看取數尺鮫綃半是梨花雨　鷺飛遥天尺五鳳閣鸞坡

看即飛騰去今夜長亭臨別處斷梗飛雲盡是傷情緒

芳草渡

昨夜裏又再宿桃源醉邀仙侶聽碧窗風快疎簾半卷愁雨多少離恨苦方留連啼訴鳳帳曉又是匆匆獨自歸去　愁顧滿懷淚粉瘦馬衝泥尋去路謾回首煙迷望眼依稀見朱户似癡似醉暗惱損凭闌情緒澹暮色看盡栖鴉亂舞

歸去難 期約

佳約人未知背地伊先變惡會稱停事看深淺如今信
我委的論長遠好彩無可怨自合教伊推些事後分散
密意都休待說先腸斷此恨除非是天相念堅心更
守未死終須見多少閑磨難到得其時知他做甚頭眼

燕歸梁　詠曉　清真集不載

簾底新霜一夜濃短燭散飛蟲曾經洛浦見驚鴻關山
隔夢魂通明星晃晃津回路轉榆影步花驄欲攀雲
駕倩西風吹清血寄玲瓏

南浦 清真集不載

淺帶一帆風向晚來扁舟穩下南浦迢遞阻瀟湘衡皐迥斜艤蕙蘭汀渚危檣影裏斷雲點點遙天杳藹裏風偷送清香時時微度 吾家舊有簪纓甚頓作天涯經歲羇旅羌管怎知情煙波上黃昏萬斛愁緒無言對月皓彩千里人何處恨無鳳翼身只待而今飛將歸去

醉落魄 清真集不載

葺金細弱秋風嫩桂花初著蕊珠宮裏人難學花染嬌

萸羞映翠雲幄　清香不與蘭蓀約一枝雲鬟巧梳掠
夜涼輕撼薔薇萼香滿衣襟月在鳳皇閣

留客住 清真集不載

嗟烏兔正茫茫相催無定只恁東生西没半均寒暑昨
見花紅挪緑處處林茂又覩霜前籬畔菊散餘香看看
又還秋莫　忍思慮念古往賢愚終歸何處爭似高堂
日夜笙歌齊舉選甚連宵徹晝再三留住待擬沉醉扶
上馬怎生向主人未肯交去

長相思慢 清真集不載

夜色澄明天街如水風力微冷簾旌幽期再偶坐久相看纔喜欲歎還驚醉眼重醒映雕闌脩竹共數流螢細語輕輕儘銀臺挂蠟潛聽　自初識伊來便惜妖嬈豔質美眄柔情桃溪換世鸞馭凌空有願須成遊絲蕩絮任輕狂相逐牽縈但連環不解難負深盟時刻但連環不解下有流水長東四字誤

看花迴 詠眼

秀色芳容明眸就中竒絶細看艷波欲溜最可惜微重紅鎖輕帖匀朱傅粉幾為嚴粧時涴睫因個甚底死嗔人半餉斜眄費貼燮斗帳裏濃懽意懨帶困時似開微合曾倚高樓望遠自笑指頻瞷知他誰説那日分飛淚雨縱横光映頰搵香羅恐揉損與他衫袖裛

又

蕙風初散輕暖霽景澄潔秀蕊乍開乍斂帶雨態煙痕春思紆結危絃弄響來去驚人鶯語滑無賴處麗日樓

臺亂絲岐路總奇絶　何計解黏花繫月歎冷落頓辜
佳節猶有當時氣味挂一縷相思不斷如髮雲飛帝國
人在雲邊心暗折語東風共流轉謾作匆匆别或在粘花繫月
下分段非

月下笛清真集不載

小雨收塵涼蟾瑩徹水光浮璧誰知怨抑静倚官橋吹
笛映宮牆風葉亂飛品高調側人未識想開元舊譜柯
亭遺韻盡傳胸臆　闌干四遶聽折柳徘徊數聲終拍

寒燈陋館最感平陽孤客夜沉沉雁啼正哀片雲盡卷清漏滴黯凝䰟但覺龍吟萬壑天籟息

片玉詞卷下

片玉詞補遺

宋 周邦彦 撰

十六字令 咏月 見天機餘錦

明月影穿窗白玉錢無人弄移過枕函邊

浣溪沙 春景 見草堂詩餘

水漲魚天拍柳橋雲鳩拖雨過江皋一番春信入東郊

閒碾鳳團消短夢靜看燕子壘新巢又移日影上花

梢

又 春景 或刻歐陽永叔

小院間窗春色深重簾未捲影沉沉倚樓無語理瑤琴
遠岫出雲催薄暮細風吹雨弄輕陰梨花欲謝恐難
禁

憶秦娥 佳人 或刻蘇子瞻

香馥馥尊前有箇人如玉人如玉翠翹金鳳內家粧束
嬌羞愛把眉兒蹙逢人只唱相思曲相思曲一聲聲

是怨紅愁綠

栁梢青 佳人 見草堂詩餘

有箇人人海棠標韻飛燕輕盈酒暈潮紅羞蛾凝綠一笑生春 為伊無限傷心更說甚巫山楚雲斗帳香消紗窗月冷著意溫存

南鄉子 秋懷 見詩林萬選

夜闌夢難收宋玉多情我結儔千點漏聲萬點淚悠悠霜月雞聲幾段愁 難展皺眉頭怨句哀吟送客秋蟋

蟀床頭調夜曲啾啾又聽驚人雁過樓

蘇幙遮 風情 見草堂詩餘

隴雲沉新月小楊柳梢頭能有春多少試著羅裳寒尚峭簾捲青樓占得東風早　翠屏深香篆裊流水落花不管劉郎到三疊陽關聲漸杳斷雨殘雲只怕巫山曉

畫錦堂 閨情 見草堂詩餘

雨洗桃花風飄柳絮日日飛滿雕簷懊惱一春幽恨盡屬眉尖愁聞雙飛新燕語更堪孤枕宿醒歡雲鬟亂獨

步盡堂輕風暗觸珠簾　多歡晴晝永瓊户悄香銷金獸慵添自與蕭郎別後事事俱嫌短歌新曲無心理鳳簫龍管不曾拈空惆悵常是每年三月病酒懨懨

齊天樂 端午 或刻無名氏

疎疎幾點黄梅雨佳時又逢重午角黍包金香蒲泛玉風物依然荆楚形裁艾虎更釵裊朱符臂纏紅縷撲粉香綿唤風綾扇小窗午　沉湘人去已遠勸君休對景感時懷古慢囀鸎喉輕敲象板勝讀離騷章句荷香暗

度漸引入醄醄醉鄉深處卧聽江頭畫船喧韻鼓

女冠子 雪景 或刻柳耆卿

同雲密布撒梨花柳絮飛舞樓臺悄似玉向紅爐煖閣院宇深沉廣排筵會聽笙歌猶未徹漸覺輕寒透簾穿戶亂飄僧舍密灑歌樓酒帘如故　想樵人山徑迷蹤路料漁父收綸罷釣歸南浦路無伴侶見孤村寂莫招颭酒旗斜處南軒孤雁過嘹嘹聲聲又無書度見臘梅枝上嫩蕊兩兩三三微吐

片玉詞補遺

跋

美成于徽宗時提舉大晟樂府故其詞盛傳于世余家藏凡三本一名清真集一名美成長短句皆不滿百闋最後得宋刻片玉集二卷計調百八十有竒晉陽强焕為序余見評注龎雜一一削釐其訛謬間有兹集不載錯見清真諸本者附補遺一卷美成庶無遺憾云若乃諸名家之甲乙久著人間無待予備述也湖南毛晉識

欽定四庫全書

片玉詞
跋

一